Gilles Thomas

地下墓穴

LES CATACOMBES
HISTOIRE DU PARIS SOUTERRAIN

巴黎的地下史

〔法〕吉列·托马斯 著　刘舒怡 译

上海文艺出版社
Shanghai Literature & Art Publishing House

对巴黎采石场的研究为地质学家、建筑师、经济学家甚至哲学家提供了一个可作丰富观察的主题，如果不能从这项研究中提取其蕴含的全部意义和魅力，我们将难辞其咎。

——路易·西莫南，《采石场与采石工》，选自《巴黎指南：法国重要作家、艺术家笔下的巴黎》，1867 年

从前，这座城市只是另一座隐秘的地下城市的覆盖物。那是一个没有计算机、不依靠社交网络而展开的现实世界。它是一整套超文本链接，不建立在文本基础之上，而是在爵士氛围和手电筒的光线下成型。

——索朗热·比耶-沙勒东，《享受》，2012 年

您知道，我喜欢到偏僻的地方旅行，喜欢冒险。如果有一天，我灵光乍现，想写一部作品，我不会在皇家图书馆的书架之间挖掘素材：我会到最初的源头——大自然中去，观察，研究，讲述我的印象。

——皮埃尔-雷昂斯·安贝尔，《巴黎地下墓穴》，1867 年

在本地旅行并不意味着毫无惊喜或毫无启发，也并非轻松自在。

——菲利普·梅耶尔，《我国，此地……》，1993 年

序

吉列·托马斯通晓地下巴黎的一切，对大巴黎地区任何一个自然或人工洞穴的形成都了如指掌。没有一处地道是他不知道的，没有一条隧道是他尚未考证过的，没有一个采石场是他讲不出历史，描绘不出特点的。他正式考证过所有发生在地下的事件，但同时也熟知地上的这座城市，以及上下两重世界之间的关联。

吉列·托马斯对这份兴趣保持着几十年如一日的热情。除此之外，他还对所有纸质读物抱有强烈的好奇，无论是小说、传记还是历史故事。总之，他喜欢一切书籍。通过阅读，他了解到部分地道的历史。吉列·托马斯还发现，作家时常依托现实写作，巴尔扎克、大仲马、热拉尔·德·奈瓦尔、维克多·雨果、埃米尔·左拉等大作家将事实与人物融入作品中，以此增添故事的厚重感。另外，他也意识到，这些作家在为作品添加注释时，都已成为真正的编年史作者，这些注释精确记录了一些工程的实施时间。侦探小说作家加斯东·勒鲁、皮埃尔·苏维德和马塞尔·阿兰（合著有《方托马斯》）以及乔治·西默农等人也不例外。

透过250余部小说——这些作家有的鼎鼎大名，有的则默默无闻——吉列·托马斯邀请我们重新观察这个地下世界。他一一剖析这些故事，使读者了解它们的真实性，但这同时也是一座建立在实证基础上的想象之城，他带领读者进入这座想象之城的五脏六腑。

作者查阅了50余篇有关“地下派”的论文，为我们描绘出这个群体的缩影。同时，他也向我们介绍一些色彩鲜明的人物，并向他们致以应有的敬意，如18世纪时为拯救巴黎而牺牲的夏尔-阿克塞尔·吉约莫，1793年在巴黎丧生的菲利贝尔·阿斯帕尔，以及如今的让-克洛德·萨拉特警长，法国首位“地下警察”。

巴黎市工程师学院秘书长

马克·盖达

目　录

引言

地下派[①]：普通名词，指非法潜入旧采石场的人。

——**采石场监管组织所依托的道路养护与移动管理局术语表**

30多年前，作为普罗万市地下研究考察团的成员，我曾有幸在巴黎地下探索一番，如今看来当时的条件十分优越，但并非通常情况：整个周六上午，我都在16区错综复杂的隧道中闲逛——这是获得官方许可的！甫一踏入这片多数巴黎人意料之外的未知宇宙（当时我还不是巴黎人），我就集中全部精力探索这座“巴黎地下的巴黎”所蕴藏的宝贵遗产和历史意义。对我而言，这次

① 应区分“地下派”（cataphile）与“地下墓穴破坏者”（cataclaste），前者热爱并尊重这些旧址（希腊语 *philein*，意为“热爱”），后者则进行破坏。——原注

探索既是一次揭秘，也是水到渠成的事：通过探访这些采石场，我仿佛实实在在旁观了自己降临人世的过程。

从那以后，我开始尝试从各地（图书馆、档案馆、巴黎各大学所珍藏的特殊资源、研究成果）及各领域（19 世纪至今的报刊、所有形式的文学作品、肖像图、电影和电视作品等）了解有关采石场的知识。我由此意识到巴黎这些采石场对于巴黎人的重要性，尽管其中大多数并不为公众所知。

所以，我多年来始终热衷于探索这片地下世界，我愿邀请读者们走进它的历史。为此，在本书中，我乐于借助最优秀作家们的文学作品选段来阐释每个主题，不论古今，并且涵盖所有文学类型和层次。巴黎的这些地下隧道着实曾让大批形式多样的文学作品熠熠生辉。

第一部关于地下墓穴的作品诞生于 1815 年，距今已有整整 200 年的时间，这就是埃利卡・德图里所著《巴黎地下墓穴概述》。很快，围绕巴黎这个非同寻常的地点的传说便流传开来。地下墓穴声名鹊起，因为它所在的巴黎，不仅是世界上最美的城市，还是一座必不可少的文化灯塔，足以为此而骄傲。于是，巴黎地下墓穴的名声漂洋过海，又越过陆上国界，出现在各类旅行指南和《从国外到巴黎》中（自 1815 年起）。诸多小说也在此找到了令人满意的魔幻色彩。自此之后，巴黎的地下建筑在文学世界中始终占有一席之地。

提到“地下墓穴”一词，人们时常将巴黎市藏骨堂和全部采石场混为一谈。应当说，如果我们追求严谨，本该称之为“在巴黎市地下旧采石场基础上建造的副隧道”，但这个名字多少令人感到不适。正因如此，时至今日，就连政府官方也仍然沿用这一简称。于是，“地下墓穴”就这样成了一个普通名词，现在用来比喻一座整体建筑最隐蔽、最阴暗的“地下囚室”部分，以代替“地牢”一词。在一些作家笔下，还衍生出痛苦的地下墓穴，精神的地下墓穴[①]，思维的地下墓穴，人类历史的地下墓穴，人性的地下墓穴，幻想的地下墓穴，信息的地下墓穴，暗箱司法的地下墓穴，文学的地下墓穴，“荣耀的地下墓穴[②]”，我们思想的地下墓穴等等。有一次，在地铁因技术故障而延误期间，我甚至听到一名旅客对他刚下火车的朋友说：“你来巴黎的路上，没想到自己会再次参观地下墓穴吧！”

巴黎的地下空间是一片不可思议的世界，这里是艺术家不竭的灵感之源，诞生了无数的梦境和奇幻想象。让我们接受皮埃尔-雷昂斯·安贝尔的邀请吧：**“跟我来，亲爱的朋友，我有阿里阿德涅之线[③]，我将紧紧抓住你的手。[④]”** 或者跟随纳达尔：**“您不了解地下墓穴，女士，我应当引导您。抓住我的胳膊，跟着人群走吧！[⑤]”**

---

① 儒勒·贾南于1839年出版《地下墓穴》，该书是小说、寓言、奇幻或非奇幻短篇故事合集，他说，这部文集中的故事所阐释的内容来自“（他的）精神地下墓穴”！——原注

② 巴尔扎克在《学者之间》（1845年）中以此指代将塞纳河畔堤墙上的绿色书铺。——原注

③ “阿里阿德涅之线”源于希腊神话故事。美男子忒修斯要杀掉克里特岛迷宫中的牛头怪物弥诺陶洛斯，国王弥诺斯的女儿阿里阿德涅交给忒修斯一只线团，教他把线团一头拴在迷宫入口，跟随滚动的线团向前走，便能找到弥诺陶洛斯。忒修斯按照此法，顺利杀死弥诺陶洛斯，并顺着线团成功走出迷宫。——译者注

④ 皮埃尔-雷昂斯·安贝尔，《巴黎地下墓穴》，1867年。——原注

⑤ 《巴黎指南：法国重要作家、艺术家笔下的巴黎》第二部分《生活》，1867年。——原注

采石场：为巴黎而建，在巴黎之下

您想知道人们是怎样建造巴黎的吗？

——**莫里哀，《贵人迷》**

隧道迷宫

巴黎的地下空间由许许多多隧道构成（总长度达几千公里），这些隧道从四面八方延伸而来，功能各异，维持着首都的日常运转。尽管这块淹没在地下的巴黎冰山以其错综复杂闻名，但它实际上是由诸多独立的网状结构组成，有的在垂直方向上层叠，有的水平并列，有的甚至彼此避开，互不干扰。“**没错，地铁从那里面经过……就在**（美国）**采石场当中……他们在上班的路上不**

会想到，其实，在墙壁和混凝土背后，隐藏着这一切！也幸亏如此，否则他们都要来一探究竟了……[①]” 总体而言，地铁建于采石场巷道的上方，有些关闭的或从未开放的站台宛如幽灵一般。因此我们偶尔会听到从上面传来的沉闷声响。“**突然，一阵轰鸣声响起。震感从四面八方袭来，不知来自何处，持续了大约**10 **秒钟。‘是地铁。’卡米耶心想。在那儿，就在上面。**[②]”不过，地铁线路有时也会与采石场巷道相交，例如 9 号线威尔逊总统大街站、13 号线旺沃门站、12 号线弗勒吕斯路和沃日拉尔路站。每到此时，就要在上方或下方开凿新的采石场巷道，以保持网状结构的连贯性。

在开凿每条地铁隧道之前，人们已经考察过准备建造地铁的位置下方被挖空的采石场，以便实施适当的工程加固所有隧道（游客线路、车库隧道、连接处等），避免在某一天发生飞来横祸，就像亨利·叙凯所描述的那样：“**防水层下面有采石场的洞窟……——是的，总工程师先生，地铁掉进了其中一个洞窟里，上面的拱顶塌陷下来。**[③]” 双重保险总好过单一措施，巴黎大众运输公司下设的采石场与工程师部门每年都会组织勘察工作，以确保地铁下方的加固结构依然稳定。

实际上，这些服务于巴黎人交通出行的隧道与维克多·雨果描写过的其他所有专用隧道建在一起。新建隧道时必须对后者进行加固，这次，人们选择了在建造之前完成这项工程，而非像从前那样，完工后才迫于形势在已经建好的城市地下修建支柱。雨

---

① 迪迪埃·戴南克斯，《地铁警察》，Gallimard 出版社，1985 年。——原注
② 弗兰克·蒂耶，《心绞痛》，Fleuve noir 出版社，2014 年。——原注
③ 亨利·叙凯，《丢失的地铁》，Boivin 出版社，1935 年。——原注

果曾如此描写这些隧道：“**如果视线能透过路面，巴黎的地下会呈现出一个巨大的石珊瑚形状，海绵孔也不会比这块上面矗立着伟大古城的、周围有着六法里长的土块下面的狭径和管道更多，还不包括地下墓窟——这是另一种地窖，还不包括错杂的煤气管，还不算庞大的一直通到取水龙头的饮用水管道系统，单单阴渠本身在河的两岸下面就形成了一个黑暗的网道，斜坡就是这座迷宫的引路线。这儿，在潮湿的烟雾中，出现了大老鼠，就像由巴黎分娩出来的一样。**①”

地下隧道可以分为两种类型：历史遗留隧道和专用隧道。第一种主要由曾经的地下采石场（全长近 300 公里）和引水渠（长约几公里）组成。第二种则包括污水渠（全长 2350 公里，毫无疑问，其中当然有废水，但也有饮用水和非饮用水管道，这还不算各地的电话通信管道及近年来铺设的电缆）、地铁（地铁轨道全长 211 公里——167 公里位于地下——但走廊和换乘隧道全长 260 公里）、城市供暖管道（约 450 公里）和空气循环系统（长 45 公里以上，仍在增加）、供电隧道（120 公里）、电话通信隧道（50 公里）、近年来才消失的气动系统（该系统 2004 年最后一次使用，连接《政府公报》办公室、参议院和国民议会）。但也包含停车场、不计其数的地窖、老防空洞等等，这些设施的数量超乎人们的想象（多达 4 万余处！）。

总之，超过 30 个不同的受让者管理着巴黎的地下空间，各

① 维克多·雨果，《悲惨世界》，1862 年。——原注
译文引自李丹、方于译本，人民文学出版社，1992 年。——译者注

类隧道充斥其中，所以“到处都被挖空了”。巴黎在规划新的城市项目时必须考虑这些空间，否则便难以为继。

不妨设想一下，如果没有了这些被巧妙使用着的“地下空洞”，这座城市将是怎样一番景象。如果没有排污管道，法国的首都就会飘着一股经久不散的恶臭，混合着圣无罪者公墓关闭时散发出的腐烂尸体的刺鼻气味。如果没有电话通信隧道以及其他从污水管道穿过的纤维线缆，这里就将被一片令人近乎失聪的寂静所笼罩。因为，虽然空中设有诸多中继站，但是电缆对于通信传输而言仍然必不可少。每天，光是地铁运送乘客的数量就达520万人次左右，这还不算大区快线（RER）承担的170万人次；如果这种大众出行方式不复存在，城市交通将变成一团乱麻，拥堵成为每日的家常便饭，到处都会竖立着电线杆，以防夜幕降临时全城陷入一片黑暗。

儒勒·凡尔纳拥有独特的预言艺术，他曾为这些地下网络设想了另一种用途：**“银行家的社会地位可以这样来形容：巴黎地下墓穴公司总经理兼家庭主导者。这家公司的主要业务是将空气储存在这些废弃已久的大型地下隧道中；用四十至五十标准大气压的压力将空气源源不断地输送到车间、作坊、大型工厂、纺织厂和面粉加工厂，输送到一切需要机械动力的地方。正如我们此前所见，这种空气用于驱动大街铁轨上的列车行进。建在蒙鲁日平原上的一千八百五十三架风车以风泵的方式将空气抽进这庞大的储藏室中。[①]”**

---

① 儒勒·凡尔纳，《二十世纪的巴黎》，Hachette/Le Cherche-midi 出版社，1994 年。——原注
译文引自蔡孟贞译本，小知堂文化事业有限公司，1997 年。——译者注

地层学概览

我们都知道，或者说大抵知道，巴黎地下墓穴不仅仅是一个名称，它还是赫赫有名的大型地下藏骨堂，是一些秘密庆祝活动的举办场所。

由于地层构造和地理位置的原因，这片土地注定在历史上的某一天成为了法兰西的首都。此后，这里因沉积作用而形成的土壤经过了几个世纪的开发。正是因为这样，地下墓穴才得以存在。此地的石灰岩来自约4500万年前留下的海洋沉积物，上有石膏覆盖，但如今仅在巴黎内城东北部的地质外露层中尚能看到（即仅存在于右岸），距今已有3500万年。

生产瓦片和砖块所必需的黏土也在本地开采，比如沃日拉尔一带；人们至今仍能在一些地名中找到历史遗留的痕迹，如杜伊勒里[①]，后来成为旧时王宫的所在地，以及曾经的“老瓦厂”路，即如今的谢尔什-米蒂路。至于白垩岩，则只在巴黎西南部由于褶皱作用而隆起的山坡上才易找到（默东、伊西莱穆利诺）。因此，白垩全部来自这一区域，从地下交叠着的平巷中开采。

另外，为满足读者的好奇心，也为保持介绍的完整性，此处还得提一下，18世纪时，蒙苏里圣安娜医院旁有一处小型煤矿。埃米尔·热拉尔在其1908年出版的《地下巴黎》一书中曾提及这座煤矿，在当时的一些平面图纸中也可找到它的踪影。

---

① 原文为Tuileries，意为“制瓦厂”。——译者注

从罗马人到戈布兰

罗马人在塞纳河畔建造了一座兵营，这里有充足的水源可供取用。兵营附近矿藏丰富，便于他们修建固若金汤的建筑，就像在他们的故乡一样。这些资源最初是露天开采的，因为塞纳河及其支流比耶夫尔河的河床经过流水下切后，河滩上的石块已经裸露出来。比耶夫尔河如今已被完全填埋，自 1912 年（最后一段管道完工）起成为污水管道系统的一部分。应当说，自从很久以前大批鞣革工、皮货商、轻革鞣制工、皮革整形工和他们的同行决定在岸边安顿下来，这条河就不幸地变成一条露天污水沟，更不用提后来成立的戈布兰手工坊①的洗染工了。这些工业给河流带来了巨大的污染。

1842 年，巴尔扎克这样写道：“**在意大利门和卫生检疫站之间有一条通往植物园的市内林荫道，这里的景致能使艺术家赏心悦目，能使最倦于观赏美景的旅行家流连忘返。如果你走上道旁微微隆起的一个小丘——从这里开始，浓荫蔽日的大道曲曲弯弯，宛如林间一条静悄悄的绿色小径，可以看见一道幽深的河谷，谷地里半乡村式的工厂星罗棋布，有稀疏的青翠草木点缀其间，比耶夫尔河（或称戈布兰河）的浊流滚滚而过。**②” 自那时起，比耶夫尔河在人们的记忆中就不仅仅是一条河，还成了一片

---

① 1601 年由亨利四世设立，专为皇家制作挂毯。自 1937 年起隶属于法国国家动产管理局，为公共建筑制作立面装饰。——译者注

② 奥诺雷·德·巴尔扎克，《三十岁的女人》，1842 年。——原注
译文引自沈志明译本，上海三联书店，2015 年，有改动。——译者注

重污染地带。

“卢泰西亚石灰岩”的地下开采

起初，在圣热纳维耶夫山和比耶夫尔河谷一带，人们露天开采那些因流水侵蚀而裸露出来的粗粒灰岩（又称卢泰西亚石灰岩，或简称为“建筑石”）。这种简陋的方式一直沿用到超覆区新地层的厚度远远超过可开采地块的总量，需剥离新地层方可找到石灰岩。

12 世纪末至 13 世纪初，法国的宗教狂热达到巅峰，大量人口涌入巴黎（据估计，高卢罗马时期的卢泰西亚面积为 53 公顷，居民有 8000 余名；在菲利浦·奥古斯都时期，面积扩大至 253 公顷，人口约 5 万人；查理五世时期，巴黎总面积 439 公顷，人口增至 20 万人；其后人口增长再未如此迅速），必须找到大量石材以解决各种各样的建筑需求，主要是城墙和众多教堂，这还不包括宏伟的圣母院（其建造从 1162 年一直延续至 1345 年）。于是，人们开始直接深入矿体内部开采石灰岩，这样做有两个好处：既

免去了必不可少但显然毫无收益的剥离工作，又照顾了表面植被层，保证其继续生长。因此，人们开凿水平洞口，向矿体内部掘进平行的采掘巷道，巷道每隔一段距离与其他垂直巷道相交。

这种开采方式为粗壮的矿柱留出位置，这种矿柱称为环形柱（英语中叫作“被弃用的矿柱”），它们是未被开采的矿体，支撑着上方顶板极厚的石灰岩层。

绞盘上模仿仓鼠的工人

然而，随着开采工程的进行，巷道尽头（采石场里工人工作的地方）不断深入，距离洞口越来越远，将矿块运出采石场的路程也相应增加。于是，采石工人们想到，可以在不同地点开凿采掘井，借助人力操纵的绞盘，通过井筒直接将采石场采下的石灰岩运出，不必再经过洞口。到了大约 15 世纪，这些大型木制绞盘问世，被安装在法兰西岛各处高地的顶端。人们不必再在缓坡处开凿长长的巷道，就能够开发新的采石场。

“贝尔尼路上的风景大同小异。最美丽的意外要数那些红色的大型绞盘，它们像是从庞大的四轮马车上卸下来的一样。”圣伯夫[①]如是说。在他的描述中，这些灰暗的原野上“只有石膏采石场边上巨大的矿堆[②]”。尽管圣伯夫犯了一个文学作品中常见的小错误——他混淆了石灰岩采石场（地面上竖立着大型木轮）和另一种白色矿物——石膏的采石场，但我们仍然可以记住这个将

---

① 圣伯夫诗作《平原》描写了 10 月收获季节过后的景象。——原注

② 泰奥菲尔·高提埃，《贝尔尼十字架》，1847 年。——原注

采矿绞盘与大车轮相提并论的有趣描述。唯有开采石灰岩才会使用这道程序。**“通过地上的大型木轮绞盘，石块就从采掘井里被吊到地面了。[①]”**

这些绞盘的直径有10余米，外廓有齿轮，工人只需爬上齿轮（像笼子里的松鼠那样）来让这原始的机械运转；绞盘旋转起来后，借助绞盘直径与缆绳线轴周长之间的减速比，一个人原地踩踏齿轮就能够将一吨重的矿块吊起。**“我曾经在蒙鲁日的采石场干了两年，最终厌倦了像松鼠一样在巨大的绞盘上攀爬，把石头拉上来。做这差事平均每天挣20苏。那时，我身强体壮……[②]”**

1831年9月1日

小蒙鲁日前方的这片平原看起来有些古怪。在这片人工草场、胡萝卜地和甜菜种植带中间，矗立着一种用白色石头垒成的方堡似的建筑，上面立着一个带齿轮的圆盘，好似烟花熄灭后留下的空架子。圆盘外围装有木制横梁，可供人用两脚轮番踩踏。工人干活时就像松鼠一样，表面上动作幅度很大，实际还是停留在原地，为了把缆绳缠到轮毂上，将采石场深处凿下的石块慢慢地拉到地面上来，使其得见天日。

这块石头被吊钩拉着，提到洞口，那里的滚筒正等着把

① 瓦西利斯·阿莱克萨基斯，《从前》，Seuil出版社，1992年。——原注
② 欧仁·苏，《巴黎的秘密》，1842—1843年。——原注

它运到它该去的地方。随后，缆绳被重新下放到深处，寻找另一块重物。此时，现代的伊克西翁[①]才有了片刻喘息的机会。不一会儿，下面的人大吼一声，另一块石头又准备好被苦工们带离原先的采石场，同样的步骤循环交替，周而复始。

夜幕降临时，工人已经走过了10法里[②]的路程，身体却仍然原地不动。如果他当真可以登高，每踩一次横梁就相当于走上一级台阶，这样坚持23年他就能到达月球了。

当我穿过这片将大、小蒙鲁日一分为二的平原时，落日的余晖宛如烈焰一般，无数个圆盘在这烈焰的映衬下生机勃勃地旋转。傍晚时分，这番景色显得尤为壮阔。也许可以说它像戈雅画中的一件雕刻作品：在中间色调的画面里，牙医拼命寻找绞刑犯[③]。

将近7点钟时，圆盘停了下来，一天宣告结束。这些五六十尺见方、高约6到8尺的碎石就是未来的巴黎，从地下挖掘出的巴黎。出产石料的采石场的面积每天都在扩大，这是古巴黎的诞生之地——地下墓穴的延续，是地下之城的郊区，它还将不断扩张，延伸至城市的外围。人们走在蒙鲁日平原上，脚下踩着的是一片深渊。地上偶尔会出现一处凹陷，像一条微小的山谷，土地上的一道皱纹，这说明下面是一个

---

① 伊克西翁，希腊神话中的人物，被罚入地狱，永远被绑在一个燃烧着的、不停转动的轮子上。——原注

② 法国旧时长度单位，1法里约等于4公里。——译者注

③ 中世纪时，牙医用死者的牙齿与患者的病牙摩擦，以起到减轻痛苦的作用。人们认为绞刑犯的牙齿止痛作用最显著。——译者注

水渗进洞穴中，带走流经之处的泥土，土地由此发生了变化：这就是地陷。

如果有人不了解这些，不知道这片引人入胜的美丽绿地已经根基全无，那么当他一脚踩上其中一条裂缝时，可能就会从此消失不见，就像在蒙坦维尔[①]的两座冰川墙之间销声匿迹一样。

这些常年生活在地下巷道里的人，无论是他们的特征、面孔，还是他们的存在本身，都已是另一番样貌。他们在黑暗之中生存，具备了一些夜行动物的本能，既安静又凶猛。我们经常会听说采石场出了事故，例如矿柱坍塌、缆绳崩断或是一个人被活活压死。地上的我们把这当作一种不幸，而地下30尺的人们明白那是一桩罪行。

——亚历山大·仲马，《一千零一个幽灵》，1849年。

有“巴黎石膏”的美国采石场

人们在开采巴黎石膏（或称熟石膏）和郊区的白垩岩时也保留了环形柱。白垩岩采自多个连续地层（最多达到5层），但仅限于巴黎西南近郊一带。石膏岩则最多包含3层。

蒙马特山丘与肖蒙山丘、梅尼蒙当（巴黎的3处制高点）甚

---

① 位于法国沙莫尼市冰海冰川山脚处。——原注

至美丽城一样，是石膏采石场的代名词。肖蒙山丘的一座采石场曾以“美国采石场”之名著称，不过，其得名的原因始终值得怀疑：这是否是一种广告手段？是否因为此地在历史上远离巴黎市中心，就像一片遥远的土地？抑或是为表明这座采石场所在的土地已被一个因政治原因移民美国，后又返回欧洲的人买下？相反，在美国，用于外科手术的石膏有时被称为“巴黎石膏”，这无疑表明了它的来源在巴黎。

“他们触到了一座石膏采石场顶部的矿体；点燃的两支蜡烛甚至不足以让他们看清采石场的顶板。巷道有多高？ 10 余米？巷道两侧的石壁上每隔 10 至 15 米有一个深深的凹坑。（……）**走着走着，顶板渐渐压低，他们像是看见了一个奇怪的教堂中殿的穹顶。这座教堂始建于哪个时代？**[①]” 在石膏采石场宽阔的巷道的最高处——实际上，最初的地下采掘正是由这个顶点开始——经常能看到工程开始之初搭起的大型支架[②]，这无疑让人联想到了教堂的建筑支架。开采第一处石膏矿体时，工人掘进的巷道高约 18 米，第二处矿体位于其下方，巷道高约 12 米，而第三处只能艰难地达到 3 米。

很少有人知道，这些石膏采石场也是一座藏骨堂，或者至少是一座墓地。埋葬在此的生灵应当得到安息。这一点本该在巴黎街头的城市建筑上明文标示出来，因为这些标语后来仅仅描述了一个温柔的梦境——暂且不说它是纯粹的幻想吧。

也正是多亏这些石膏采石场，居维叶才得以从采石工手中收

① 埃里克・法耶，《巴黎》，Le Serpent à plumes 出版社，1996 年。——原注

② 只有旧时的雕刻能够作为巴黎石膏采石场的见证。如今，在郊区废弃的矿场里还能实地看到这些雕刻。——原注

集大量地下作业过程中发现的化石并对其展开研究，从而奠定了古生物学的学科基础[①]。“**在巴黎周边采石场里集中发现的丰富古动物骨骼碎片或许是十分令人欣慰的事。人们每天都能发现一些新的残骸；然而，被我们无意中或者在难以分辨时随意毁掉的又有多少啊！**[②]”

你在阅读居维叶的地质学著作的时候，是否曾投身于无限广阔的时间和空间里？被他的天才所指引，你是否曾像被一只魔术师的手托住那样，飞越一个无边无际的过去的深渊？当人们在蒙马特尔的石矿或乌拉尔的片岩之下，一片一片、一层一层地发掘出属于洪水前文化期的兽类骸骨的化石时，不禁为瞥见几十亿年的时间，数以百万计的民族被人类的微弱记忆和不可摧毁的神圣传统所遗忘而感到惊骇，而这些民族的尸灰堆积在地球的表层，构成那几尺给我们带来面包和鲜花的土壤。居维叶难道不是我们世纪里最伟大的诗人吗？[③]

——奥诺雷·德·巴尔扎克，《驴皮记》，1831 年

① 地下派和其他对地下矿场感兴趣的人也作出了不小的贡献。正因为有了他们，人们才得以在文森森林地下发现了一种新的鱼类化石，研究在瓦兹河畔梅里采石场顶板上发现的其他化石，在默东郊外辨识出一枚对于地层学研究具有重要意义的冠齿兽（与貘相似，但身量更庞大）的牙齿，在埃尔布莱找到 lophiodon 的下颌骨，在沙夫奈发现“沙夫奈喇叭”（一种石灰结核，为碳化钙沉积物）——此名称后在世界范围内通用。——原注
lophiodon 是另一种与貘相近的生物（欧洲始新世时期的一种奇蹄目动物）。——译者注

② 乔治·居维叶，《发现于巴黎近郊石膏岩中的一只小型负鼠属四足兽近完整骨骼研究》，载《物理、化学、自然历史与艺术报》，1805 年。——原注

③ 译文引自梁均译本，人民文学出版社，1982 年。——原注

我们知道，1792 年 8 月发生在杜乐丽宫的战斗[①]导致了近 2000 人死亡，其中大部分是瑞士卫兵，但也有小人物和其他贵族。一些人被安葬在地下墓穴，但并非所有死者都有此殊荣；奥赛尔街（位于蒙马特高地脚下）边一座废弃的石膏采石场成了大多数人的葬身之地。

40 多年后，在 1848 年 6 月那些恐怖的日子里[②]，蒙马特采石场里又堆起了新的尸体。“**三天之内，最后的反叛者被困在了蒙马特废弃的采石场内，很快便中了圈套。数百名牺牲者一批一批地倒下；垂死者的呻吟夹杂着子弹连续穿梭发出的尖啸声，在矿道里回响。**[③]”在近 20 年的风平浪静之后，1871 年 5 月 26 日，“五月流血周”宣告开始。其间，“**凡尔赛军在地下墓穴展开了大规模的围捕，抵抗者遭到屠杀**[④]”——我们暂且接受这地下墓穴和采石场（此处为石膏采石场）永远被混淆的事实。“**一部分从屠杀下逃生的人躲在了采石场里……凡尔赛军把守着所有出口，但一无所获！巴黎公社社员们再也没有出去……**[⑤]”

很久以来，蒙马特高地顶部都是一个受欢迎的地方，这里有“**一座挖空了的石膏采石场和一个陷入瘫痪的磨坊**[⑥]”。如今，这些旧石膏采石场的痕迹仅存在于旧地图、文学作品、地名和巴黎地形图中；地形图上可以看到，工人居住的小屋临街而建，表

① 1792 年 8 月 10 日，巴黎人民暴动，冲进杜勒丽宫，守卫皇宫的瑞士雇佣兵伤亡惨重。——原注

② 1848 年 6 月 22 日，法国爆发工人起义，自 6 月 23 日起，激烈的巷战持续数天。——原注

③ 卡特琳娜·吉贡，《共和国的葡萄园》，Seuil 出版社，1998 年。——原注

④ 拉里·沃克，《女士的不幸》，Parisgramme 出版社，2009 年。——原注

⑤ 迪迪埃·戴南克斯，《地铁警察》，同前。——原注

⑥ 同上。——原注

明在这片区域几乎不可能建起高大建筑。然而，曾几何时，这些石膏采石场突兀地出现在地面上，采石场深处也有过无辜的牺牲。“**我没想到它这么深……这些旧采石场……唉！要是早知道就好了！……**”那些俯身钻进采石场的人这样说着，“**尽管他们晕头转向，脚下的坑洞里填埋着尚未腐烂的躯体。**[①]”

“**这座山丘的顶端被削平，底部巨大的入口洞开着，通往宽阔的采石场内部。人们在此开采石膏岩，用于建造蒙马特，并且在这无人居住的丘陵两侧大肆采掘。后来，当山丘上建筑林立时，人们仅仅封堵了巷道的入口，而并未充填采空区。**[②]”实际上，人们炸毁了采石场，用爆破的方式摧毁了巷道，试图用矿柱崩塌时上层掉落的材料填满采空区。人们希望能在土地稳固之后继续修建建筑。然而，多年以后，地下水在循环过程中形成了人无法进入的空隙，成为最大的隐患。

此地的石膏质土壤对水流十分敏感，因此，为弥补一些区域可能出现的问题及外部可见的后果（如地表凹陷、建筑墙面出现裂缝等），人们向已探明的采空区中加压注入液态混凝土进行充填。此举也有利于在这些非城市化地带建造独栋建筑或建筑群。也正是这些古老的地下采石场使得一些简陋小屋留存至今。但这种方法仍有其弊端，因为“**总是有一些空间无法用混凝土充填**[③]”。

因此，开采完成后为使洞穴自然倒塌——路易-塞巴斯蒂

---

① 安德烈·萨尔蒙，《圣心教堂的黑妇人》，Gallimard 出版社，1920 年。——原注
② 鲍福，《泽诺比在哪里?》，1880 年。小说最初为连载形式，标题为《蒙马特采石场之谜》，后更名为《那个女人在哪里?》。——原注
③ 马丽斯·里维耶尔，《欺骗死亡》，Fayard 出版社，2015 年。——原注

安·梅西埃形容其为“**山丘屈膝行礼**”——而采取的按部就班的崩落法无济于事。让我们期待回填残留空隙、启动公共工程能够使这片土地更加稳固，最终维系这些山丘的长远未来。

然而，与此同时，在这些至今仍欠发达的城郊地带，房产投机活动却甚嚣尘上。“**在那覆盖着蒙马特旧采石场的薄薄一层华夫饼上，人们总能想办法搞点钱。有人带头在这块格鲁耶尔干酪上摊开了糕饼，而这块干酪一旦倒塌，蒙马特就会在地图上被抹得一干二净。当地的居民协会高声抗议，但也是白费力气，新建的房屋像熊熊火焰一般炙烤着圣心教堂这块蛋白霜。这样一来，山丘就成为一道完整的大餐，有奶酪，也有甜品。**[1]”尚达尔·佩尔蒂埃这样形容道。

在作品《诅咒者》中，勒内-维克多·皮耶[2]就已经指出建筑物所面临的危险，以及石膏采石场中产生的空隙群。他讲述了“**罗斯利和米切尔跨国公司法国分公司衰败和破产的故事。这家公司不久前才在巴黎共和国街与奥贝尔康夫街交口建起一座玻璃钢结构建筑，距东公墓不远。受东侧墙基支撑的一面承重墙上出现了一条巨大的裂缝**（导致建筑坍塌）”。而在此之前 75 年，左拉在一部鲜为人知的作品中也提及了同样的情形：“**我们当时站在地基里，看到其中一根支柱——即一口浇入混凝土的矿井，用于支撑建筑。洞口是沿着支柱相反方向延伸的，可能是土地自然开裂造成的裂缝，也可能是由于凹陷产生的深沟。其他支柱竖立在周围，而这条裂纹四处延伸，似乎也宣示着它的胜利。**[3]”从

① 尚达尔·佩尔蒂埃，《山羊的歌声》，Gallimard 出版社，2000 年。——原注

② 勒内-维克多·皮耶，《诅咒者》，Seuil 出版社，1974 年。——原注

③ 埃米尔·左拉，《巴黎》，1898 年。——原注

事爆炸物研究的化学家纪尧姆·弗洛蒙曾设想用此方法炸毁圣心教堂，但最终放弃。

这个通过在地下布雷炸毁巴黎的想象时常浮出水面，如同海洋巨蟒或尼斯湖水怪的传说。想让坚信其存在的人们恢复理性是徒劳无功的：“**那是德诺南古先生，他是一位老绅士，面霜也掩盖不住他枯槁般的面容，以及德拉尔西洛瓦夫人，路易-菲利普政府一位省长的太太。她抖得厉害，因为刚才听到一架风琴在演奏波尔卡舞曲，这是反叛者之间的信号。许多资产者都有同样的想象：他们相信那些地下墓穴里的人将要炸毁圣日耳曼区；洞穴里发出喧哗声；窗外有可疑的事情正在发生。**①”

不过，从许多因素（生态、经济、事后不可控性等等）来看，这种通过加压浇入液态混凝土进行“加固”的方式都不值得提倡，但对于石膏而言又无可避免。但愿这种方式不会被推广到全巴黎的地下采石场，成为它们最后的凄美挽歌。

从技术术语到“地质诗学”

石灰岩由水平方向的矿层连续重叠而成，称为“地层”。地层的性质、厚度各不相同。

采石工人给每一类地层都取了通用名称（但远不如在开采石膏岩的过程中为不同矿层所取的名称那样富有诗意），可通过独特的物理和技术特征加以辨别。这些性质决定了开采出的石灰石的用途：例如，制造阶梯或建筑支柱需要用硬石灰，而软石灰则

① 居斯塔夫·福楼拜，《情感教育》，1869 年。——原注

更适合雕塑。

采石工人利用不同地层间硬度的差异进行开采。最先开采的是一种较薄（厚 10 余厘米）但相对较软的地层，它其实是石灰岩和黏土的混合，这就是“莎草”层。工人使用一种两头尖的带柄工具（类似双头镐）掘进一条水平斜坡，斜坡的深度受工具手柄的长度所限：这是开采的第一步，在待采岩层下方进行挖掘。随后，工人使用悬挂在平衡杠杆上的圆头长杆在待采矿块两侧各凿出一道沟，即垂直切面。而后只需将木头圆柱（即滚木）滑入莎草层，并在已经三面切割出的石灰岩矿床上方层理相接处（一层稀薄的黏土）楔入金属块，将目标石灰岩矿块采落下来。在作业过程中，采石工们知道如何利用矿石中发现的裂缝来简化采落矿块的工作。在某些地方，会出现两个石灰岩采区相叠的情况，中间由一道保留在原地的矿层分割开来。有时，二者会合并为一个位置很高的采区。

埃米尔·热拉尔在《地下巴黎》中记录了圣皮埃尔教堂一带首层石膏矿块（最厚的上层矿块）上诗意盎然的矿层名称。右侧数字为对应地层的厚度（米）：

花朵（首层顶部）	0.20
绵羊	0.08
莎草	0.18
科尔尼隆	0.28
佝偻	0.72
背痛	0.05
天胡荽	0.73

小黄	0.43
苦役	0.72
奶油蛋糕	0.72
大黄	1.12
繁茂	1.40
大屁股	1.42
银白床	0.74
沙层	0.13
营队或三足层	1.90
布罩	0.58
野猪头或大白（硬石膏底层）	0.85
高柱子（垂直棱柱形石膏）	1.80
高层尿	1.15
猪肝	0.65
黄油罐	0.55
驴粪	0.10
黑柱子	1.00
低层尿	1.63
火镰（有棱角、近圆形或扁圆燧石）	0.49

“石墙和充填物”法

几乎所有石灰岩采石场都存在废弃物。它们或是工人采准时掘进巷道留下的产物，或是在对体积过大的矿块进行粗切以方便

出矿的过程中产生的，因为在这个步骤中不可避免会对矿块表面重新切割。然而，任何一根环形柱的成分都与周围已采空的石灰岩相同，而它之所以能够一直存在，这是效益（最大限度地开采矿层）与地下采石场安全性（在原地保留足够支撑物以支撑顶板）相互妥协的结果。15 世纪末至 16 世纪初，采矿技术根据这些标准进行了改良，试图突破损失石料的局限。于是，一种新型的开采法"石墙和充填物法"应运而生。这种方法是在整个矿体中选定若干石灰岩矿床进行开采，而非开采顶板下方所有可用的部分。废料不再被弃置于地，而是在采石场里垒成干砌石矮墙——即"石墙"后，高度直达顶板。此举填补了采石场中由开采矿块产生的空间：这便是"充填物"。不过，很明显，一座采石场产生的废料无法充填其中的所有采空区，因此，人们也从地面运来其他材料作为补充。

从一处到另一处，工人们把大块的石灰岩块依次堆叠，建造支柱，用以支撑顶板薄弱的部分。他们用手臂托起石块垒成的这些支柱被称为"臂柱"（或"臂台"）。臂柱也用于连接彼此间保持一定距离的石墙，与地面上支撑长墙的方法相同。这种方式在提高了石块的开采率之余，也使得上覆层更加稳固——这是在地下采石场停用很久之后才显示出的优点。在“天花板”较为脆弱的地方，即便“天陷”发生，也不会发展为灾难性的崩塌：塌陷在采石场顶板上形成“**一处很大的空间，形状宛如一口钟的内部。（……）这景象既壮美又震撼，塌顶最高处距下方应有 15 米，我们手电筒的光将将能够照亮那里**[①]”，于是，顶板上往往会形成这种“钟形塌顶”。“**我们发现头顶上有巨大的‘钟’，过去的塌陷在这里形成周长约 8 到 10 米的空间。**[②]”

① 雅克·萨杜尔，《七张面具》，Albin Michel 出版社，1996 年。——原注
② 亨利·马兰，《人生最初的战斗——1870 年的一名巴黎中学生》，1898 年。——原注

由于用石墙和充填物充填了采空区，上覆层一旦塌陷，也会立即被充填物顶部阻挡，在那里留下一处宽约数十厘米的空间。因此，人们在地面上不会预见到任何悲剧性的后果，因为这空间的高度与整个表层土地的厚度相当。

巴黎：漂浮而不沉没！

建于空虚之上的巴黎

许许多多的独立采石场就这样在城市郊区地下诞生。不过，由于在巴黎近郊发现了建造永久建筑所必需的一系列材料（石灰岩，即建造墙体所用的建筑石；生石膏，经加热及研磨制成熟石膏；黏土，用于烧制砖和瓦片），这座城市开始不断向外扩张，时而打破原有边界，划定新边界，将老城城墙之外的新建筑囊括其中。

古罗马时期用石块和熟石膏修建而成的巴黎，最初就是一座为永存而建造的城市；石灰岩是耐火材料，建筑外壁上覆盖的熟石膏可以将粉刷时添加的水反渗出来，这一特性也能够遏制火势蔓延。此外，1666 年伦敦发生火灾之后，路易十四于 1667 年颁布敕令，命令房屋内墙粉刷应与外壁保持一致，以免巴黎步其后尘。

由于地下废弃已久的采石场不计其数，巴黎左岸一片优雅的街区曾面临被毁灭的危险。修筑在大众所谓“地下墓穴”上方的杜盖·图安路（近卢森堡公园）就是如此。巴尔扎克也使用这个词语：“**这条路位于地下墓穴上方，此地十分危险，不久前，其中一段路就从地面上凭空消失了，在巴黎的这个角落留下一片凹坑，吓坏了附近的居民。**[①]”土地缺乏稳固性早已导致洞顶塌陷，巴尔扎克称之为“土地破产”。通过这种现象可以看出，当时，此地居民的房产无论在数量还是在高度上均十分有限。

地下旧采石场的面积约占巴黎城市面积的 10%，可测定的巷道总长约 280 公里。总面积为 835 公顷的采空区中，包含 770 公顷粗粒灰岩采空区和 65 公顷石膏采空区（仅存在于巴黎东北部）。与之相比，上塞纳省共有石灰岩采空区 1014 公顷，石膏采空区 150 公顷，白垩采空区 35 公顷；马恩河谷省共有石灰岩采空区 565 公顷，石膏采空区 104 公顷；而塞纳-圣德尼省仅拥有石膏采石场，面积为 482 公顷。组成“巴黎小皇冠”的三省与巴黎相同，其地下状况也受到巴黎采石场综合监管组织的监控。

该组织绘制了 450 余幅地图。其中，137 幅为巴黎城区内地图：粗粒灰岩采石场 101 幅，石膏采石场 36 幅。另有 320 幅地图

---

① 奥诺雷·德·巴尔扎克，《巴黎一条街和街上一位居民》，1848 年。——原注

描绘了郊区采石场的情况：上塞纳省 142 幅，塞纳-圣德尼省 87 幅，马恩河谷省 91 幅（根据出产石料统计：石灰岩采石场 170 幅，石膏采石场 150 幅）。除此之外，另有 7 幅比例尺为 1 比 20000 的巴黎城区及周边三省概览图，以及一幅 1 比 50000 的总览图［尚不计比例尺为 1 比 1000 的图例板，这是整套地图的必需之物，因为在一座建筑下方竖立加固柱时，距离必须为 1 米（对应图上 1 毫米）］。“**采石场监管组织有十分详细的地图，尽管部分土地可能尚未开采，但我们需要更详细的指示。**[①]”例如，在南部郊区，一些旧石灰岩采石场没有完全被绘入地图；同样，对于那些如今出于各种原因无法进入的石膏采石场（巴黎城区及郊区均有）——它们或是被炸毁后崩塌，或是已经没有入口——地图绘制也尚有欠缺。

受损范围探究

18 世纪末，巴黎险些遭遇灭顶之灾，城区范围几乎退回至原本的城墙之内。旧石膏采石场和石灰岩采石场均出现了坍塌事故。譬如，1774 年 12 月，丹费尔-罗什洛广场北侧一座采石场塌陷，影响迅速扩散至邻近地带。1778 年 7 月 27 日，梅尼蒙当一座石膏采石场崩塌，造成 7 人死亡。“**在火把的光亮所能覆盖的范围之外，幽深的黑暗蔓延开来。空气中飘浮着厚厚的灰尘，我们连呼吸都很困难。**[②]”

① 雅克·萨杜尔，《七张面具》，同前。——原注
② 鲍福，《泽诺比在哪里?》，同前。——原注

在这两次事件之间的1777年4月4日，国王“亲临会议”，决意成立“巴黎及周边平原地下采石场监管组织”，试图解决这个远比人们想象中严峻很多的问题。这是世界上首个以巩固有塌陷危险的土地为目的进行地下制图的组织。为此，该组织需要找到这些被遗忘了几个世纪的古老采空区的位置，并为其绘制地图。

整个圣雅克街区、阿尔普路甚至图尔农路都建在旧采石场上方，人们修建壁柱来支撑房屋的重量。多么发人深省啊，这座庞大的城市竟是通过截然相反的方式建造并延续至今！这些塔楼、钟楼、礼拜堂的穹顶，一切迹象都清楚地表明：我们在地面上所见为实，而脚下却空空如也。(……)

这是一座地下城市，这里有街道、十字路口以及形状不规则的广场。我们仰头看着天花板，它们时而低矮，时而高阔；而当我们看到上面的一条条裂缝，开始思考这座无与伦比的城市中的一方土地所凭何物时，就不禁隐隐发抖，担心向心力作用会带来可怕的后果。

这些洞穴，半坍塌的顶板，尚未掘进至外部的巷道，这些塌方，在重压下破碎且摇摇欲坠的矿柱，这些双层采石场——一座采石场的矿柱错误地竖立在另一座之上，多么触目惊心！而我们的饮食起居之所就建在这薄薄的、不稳定的地层之上。

> 的确，每天都能排除一些危险，因为当局采取了最明智的措施来避免坏情况的发生。立即完成整个城区的大面积支撑工作是不可能的：时间紧迫，人们先是保证了公共道路的稳固，而后才考虑保护个人房产。
>
> ——路易-塞巴斯蒂安·梅西埃，《巴黎的画卷》，1781—1788 年。

举足轻重的吉约莫

王室的瑞典裔建筑师夏尔-阿克塞尔·吉约莫，1730 年生于斯德哥尔摩，被任命为新机构的负责人。由于缺乏可供参考的先例，他必须创造一种在其他任何地方都没有实施过的方法。

“行政法院已经意识到广泛的危机，通过建筑科学院成员苏夫洛和布雷比翁知晓了采石场的现状，并成立采石场综合管理机构，夏尔-阿克塞尔·吉约莫被任命为首位总监管官。就在该机构成立的当天，一出事件震惊了整个巴黎[①]”：一座采石场轰然倒塌。这正是大仲马在小说中提及的那座采石场：一对资产阶级夫妻站在窗边透气，却因采石场事故而命丧黄泉。

夏尔-阿克塞尔·吉约莫作为第一位采石场监管官，从此便

① 亚历山大·仲马，《巴黎的莫希干人》，1854—1855 年。需要注意的是，大仲马为撰写其“巴黎地下墓穴历史速览”，毫无保留地整段照抄了埃利卡·德图里的作品《巴黎地下墓穴概述》，只字未改。——原注

成为“拯救巴黎之人[①]”。法兰西首都应当永远感念他的功劳，然而却尚未向他致以应有的尊重，授予他应得的荣誉：那时，还没有一条路以他的名字命名！历史学家们更熟悉，或者说只知道另一位瑞典人的名字，并奉他为巴黎的拯救者，这就是时任瑞典驻法大使拉乌尔·努德林。第二次世界大战期间，人民为解放巴黎而发动起义时，他曾与纳粹当局协商，使巴黎的建筑免于被炸毁的命运。

直至今日，吉约莫的名字及其地位似乎仍只为“地下派”，也就是那些喜欢擅闯地下世界的少数群体所知。尽管如此，一段时间以来，部分作家也开始把他写进当代故事中（或是引用他的话语，或是提到他鲜为人知的名字），如同将他昔日的光荣以文学形式重新展现。无论如何，这都能间接推动外界承认他的地位，直至官方充分意识到巴黎应给予他怎样的认可。约瑟夫·瓦克南的小说《地下墓穴之血》[②] 就是一例。小说中，夏尔·吉约莫和他的继任者们前仆后继，犹如地下墓穴博物馆的守门人，但却始终被诅咒缠身。有趣的是，实际上，自夏尔-阿克塞尔以降，他家族中的所有成员均沿用了“阿克塞尔”一名，成为这个家族的特征，这在当时的法国实属另类。吉约莫的后代如今已有800余人。

在一部写给当代青少年的小说中，我们找到了阿克塞尔的另一种形象：**“几个小时后，在30多米深的地下，宽阔的地下巷道**

① 多么确切的名称！出自格拉哈姆·罗布《巴黎建造者讲述巴黎故事》，Flammarion出版社，2010年。——原注

② Édition du bout de la rue出版社，2008年。——原注

里漆黑如夜，采石场综合监管组织队长阿克塞尔·吉约莫在巷道中前进，他手持电筒，身后跟着 4 个洞穴探险家模样的人。[①]”有时，他只被提及一次——有人将一本凭空想象出来的、他不曾执笔的书署上他的名字：“**《巴黎及其隐秘复制品》，阿克塞尔·吉约莫，1780 年**[②]”，不过这书名却是恰如其分地概括了他“黑暗中的工作”。至于坏人阿克塞尔·圣罗曼，又名“阿莱克斯 637 828 F”，他的文献研究没有为莫德·塔巴奇尼克的小说提供了灵感吗[③]？小说的结局正是在藏骨堂里揭晓。

在另一部类似的致敬作品中，作者理查·波涅让少年印第安纳·琼斯与特里方·埃利卡相遇，后者是“**贝贡-莱格内斯考古爱好者俱乐部主席**[④]”，毫无疑问，该角色直接参考了地下墓穴藏骨堂管理者埃利卡·德图里子爵。另外，在这部小说中，采石场综合监管官名为“吉尔贝·德布里”；“吉尔贝”一定与地下墓穴藏骨堂里著名的纪念碑有关；而“德布里”背后则显然是“德图里”。

标志着夏尔-阿克塞尔·吉约莫上任的那起坍塌事故发生于龙塞侯爵夫人宅邸处（即今大区快线 B 线卢森堡站南出口），这座宅邸前一年才由职业数学家安托万·杜邦设计加固，他曾是临危地带安全工程的负责人。

杜邦的方法是在采石场内脆弱的地方用砖石结构加固，譬如

---

① 亚历山大·莫瓦，《未知动物：寻找蒙古死亡蠕虫》，Plon jeunesse 出版社，2009 年。——原注

② 斯特凡·德科尔纳，《巴黎寓言与故事》，Nathan 出版社，2001 年。——原注

③ 莫德·塔巴奇尼克，《某处死亡》，Viviane Hamy 出版社，1995 年。——原注

④ 理查·波涅，《少年印第安纳·琼斯与辐射灯》，Hachette 出版社，1997 年。——原注

顶板上的裂缝。与杜邦相反，吉约莫则是为采石场上方建筑外修建垂直加固柱，作为**后建**地基。这些加固措施建于临街承重墙上，由于城市中的建筑以恼人的速度并排林立，加固柱也不得不效仿主建筑，组成两道平行墙板，宛如一条地下街道。为方便识别，吉约莫设想了一种三名命名法：“顺序数字—采石场监管员姓氏首字母—完成日期”，首例即为：“1 G 1777”，这当然是实至名归。

启蒙时代的巴黎因此在地形上拥有了双重身份，整个地上城市的地籍册都在地下重建，街道、交通干线、广场、小巷被一一还原，成为名副其实的“影子城”。在工人们施工的地段，除施工用指示牌外，这座地下复制品也与地上一样，贴着刻有对应街道名称的铭牌。时至今日，一些路名仍能反映出旧时巴黎的地形：“**我以为铁锅路最终并入穆夫塔尔路。（……）二者不一样，地下是波拿巴路高段的旧称。**①”

地下地形学与地名研究

直至18世纪20年代，巴黎人的生活中都缺少一样我们如今习以为常的东西，那就是钉于房屋拐角处用以分辨道路的铭牌。其实，直到1728、1729年，人们才想到在道路上标出其惯用名称，而在此之前，城市地图上早已标注了这些路名。50年之后（1777年），采石场监管组织成立，为使维护道路稳固的工作人员在地下能够准确定位，并且将加固构件安放在合适位置，人们为

① 雅克·萨杜尔，《七张面具》，同前。——原注

这些正在结构化之中的“副巷道”挂上了地上道路的名字。“**专员用他的灯照着墙上的牌子。没错，我们知道，地下墓穴里从几年前开始就标上了路名，方便人们辨别位置。**[①]”

采石场监管组织成立两年后，在 1779 年，这些不再“匿名”的道路第一次有了编号，号码刻在建筑门前的台阶上。在恐怖统治开始之前（确切地说，是在 1791 年，因为此时还须把过去“铲除干净”），这种方法被另一种更为“革命”的措施取代：依照数字顺序划分——每个行政区都用数字独立编号——但该方法存在诸多弊端。直到 1805 年，第三套方案——亦即沿用至今的命名方案才最终确定：奇偶数分开，以塞纳河为参照，沿河向上游或下游增加。在采石场中，为了进一步精确定位，部分路段实施了第一套编号方案，随即被现行方案取代；过渡方案由于实行时间过短，没有在地下实施。

统一网络的诞生

除了为巴黎地下已有的巷道修建加固措施之外，监管组织还在石灰岩矿体中掘进了数公里长的巷道，以便将一座正在加固的采石场与附近可能存在的采石场连通起来；这些巷道因此被称为“探索巷道”，其目的在于打通施工过程中遇到的相对较厚的矿体。许多原本独立存在的采石场被连通，形成一座名副其实的迷宫。初级地下派的成员走进这里，就如同人类世界

---

① 阿尔努·加洛班，《小侦探》，Albin Michel 出版社，1936 年。该书最初分卷出版，第一卷出版于 1934 年 4 月 7 日。——原注

中实验室里的老鼠，**“许多巷道突兀地相互截断，彼此混杂，彼此融合**[①]”。

自这项工程开始，在1777年至1909年之间（有记载的地下工程起止时间[②]），南城大网络系统修建的地下巷道共计102.8公里，分布如下[③]：14区69公里，6区12.8公里，15区12.6公里，5区8.4公里，这还不算南部郊区的延伸部分，因为“**这些采石场应该一直延伸到克拉马**[④]”。1870年普法战争时期，这也会引起一些恐慌：“‘我们上面是哪里？’他答道：**‘让蒂伊、阿尔克伊、卡尚’，或者是‘我们是在普鲁士军队的防线下’**。[⑤]”

这些线路中还包括13区的25公里、16区的7.2公里、12区的350米（不包括文森森林的啤酒厂和格拉威尔路网络系统）。

所有这些由旧地下采石场重组而成的网络都被称为“巴黎地下墓穴”。这里经常有形形色色的地下派光顾，巴黎或外省的洞穴研究者也慕名前来搜集材料，一探究竟，对于那些城市探险爱好者而言，这些巴黎地下最深处的巷道则宛如极北之地[⑥]，令人心驰神往。更有甚者，不惜从俄罗斯、北美洲、南非或遥远的澳大利亚专程前来，一解心头之渴——这还仅是欧洲以外“异域”国家的情况。

---

① 阿尔努·加洛班，《小侦探》，同前。——原注

② 在此之前，17世纪建造圣宠谷和天文台时曾进行过加固工程；1776年杜邦也动工修建了上百根支柱。该时期之后的工程则极少：仅有意大利广场地下施工和地铁14号线的修建工程。——原注

③ 数据来自“采石场警察”的设立者、采石场侦查与行动大队队长、重要专家让-克洛德·萨拉特。——原注

④ 阿尔努·加洛班，《小侦探》，同前。——原注

⑤ 亨利·马兰，《人生最初的战斗》，同前。——原注

⑥ 欧洲北部岛屿，旧时从英格兰北部乘船前往需6天时间，因此是世界北部尽头的象征。——原注

在顶峰时期，采石场的入口有将近 400 个之多（根据监管组织数据，为 388 个）：一些入口经由台阶通向地下，另一些是装有梯子或无梯子的副井。尽管这一数字如今大量减少（据估计约有 10 余处，有时会因城市服务的需要而关闭，有时狂热的地下派们又会发现新入口），然而在埃德加·P. 雅各布 1967 年出版的连环画《项链风波》（被视为这一主题连环画的典范之作[①]）中，这种入口井尚存 217 处。

毫无疑问，这些井与采掘井没有任何关系，后者更加宽阔（直径可达数米），并且已经从巴黎的城市道路中销声匿迹。另外，还有一些水井被采石场截断，只能供人从先前开发的采石场中汲水，没有通向地面的出口。

一口井不仅是采石场部门人员进入巴黎地下的通道，也是所有渴望追寻前辈足迹者的必经之路，无论是采石工、从事加固工程的工人抑或偶尔到访的参观者——我们暂且不称其为“地下派”，这是后来由于媒体大肆报道而产生的新词，实际上，这种活动自采石场监管组织成立之初就已经存在，同样历史悠久。

① 实际上，现有近百部以巴黎采石场或地下墓穴为素材的连环画。不过，应当承认《项链风波》是最早的几部作品之一，如若不然，也是最著名的一部。——原注

采石场“死亡”之后的命运

逃避入市税

旧采石场的经历都是相似的，即便在监管组织成立之初也是如此。1777 年 5 月 9 日，在吉约莫之前担任负责人职务不满一年的安托万·杜邦手书如下通知：“**有人在夜晚和节日期间进入采石场。他们是从矿井下去的。我已知晓其中三人的姓名和两人的住址，并将这些信息告诉了警官中尉。**”然而，最糟糕的情况不止于此：“**偌大的首都里众多难以清除的罪犯将采石场作为藏身之处，旁人难以进入；这些洞穴也成为企图避祸的叛乱分子的容身之所，在那里，他们与自己的同胞隔绝，在保持独立的同时也**

走向死亡。[①]”

那些狡猾的人还注意到，潜入地下采石场是避开巴黎入市税征收关卡的好办法。更何况，从1784年起，他们面对的是由包税部门修建的一道实在的关卡，只有54扇大门可供通过。他们需要为一切进入首都的商品缴纳入市税（木材、葡萄酒、食品、香皂、蜡烛等），就像在王国的其他城市一样。但是，在地下，他们却能够悄无声息地从墙的一侧进入另一侧。当时，有人建议“**在地下用围栏将巴黎围起来**”，吉约莫对此完全赞同，承认这是“**十分必要且刻不容缓的任务，应当切断城市内外的联系，宜早不宜迟；切断这一联系，就是斩断了两大问题的祸根：走私与罪犯藏匿**[②]”。直到1860年郊区城镇并入巴黎，巴黎的外围拓展至如今的元帅大道[③]，地下迷宫里这种猫捉老鼠的游戏才告一段落。

就这样，采石场巷道里真的安装了栅门，门前还铺上一层石灰，以确保无人敢靠近，因为会在石灰上留下印迹。人们还建造了“防走私墙”，“**墙体上开凿了无法容人通过的通风洞，栅栏上装有门闩，再用一把挂锁锁住**[④]”。然而，面对走私者强烈的意志，这些措施没能持续太久。

当直接躲进采石场迷宫变得十分困难，尤其在1801年4月1日——真像一个黑色幽默——“巴黎采石场内部与外部监管员”博诺姆和戈德福鲁瓦佩戴军刀与两把手枪被重新任命之时，走私

---

① 吉约莫首篇论文手稿，写于1777年1月，载巴黎地下情况研究团队（GPRS）“文集”，1986年。——原注

② 巴黎地下情况研究组1986年公布的吉约莫书信。——原注

③ 巴黎环城大道的统称。环城大道共分为19段，均以第一帝国时期元帅的名字命名。——译者注

④ 巴黎地下情况研究组1986年公布的吉约莫书信。——原注

者就开始仿效鼹鼠活动了。他们自己动手，在顶板上方挖掘逼仄的隧道，那里是砾石泥灰岩夹层，既脆弱又危险。如果这些人栖身的洞穴在墙的一头，而有一口井在另外一头，他们也只能伸长身体，在二者之间匍匐前进。在巴黎地铁修建前期的加固工程中，人们曾发现过这种狭窄的隧道。

第二帝国安全警察总长克洛德先生在回忆录中提到一个地下“犯罪”网络，位于博诺姆关卡与特罗卡德罗高地之间[①]。翁贝托·艾柯也记得这一平行网络的存在：“**我们沿着地下管道走进了一家小酒馆的酒窖。这条管道沿阿萨斯路延伸，一直到谢尔什-米蒂路，最终通往红十字路口一座建筑中废弃商场的地下。**[②]”

巴黎蘑菇

被冠以“巴黎”之名的事物，除了一种石灰岩地层以及一个地理学上的时期——卢泰西亚之外，还有一种世界闻名的食物——巴黎蘑菇。人们曾在废弃的采石场中大量栽培这种蘑菇。

有人认为，这种蘑菇在巴黎采石场里（可能在 14 区桑代路旁）的种植历史源于 1814 年。这会不会是一个躲藏在地下的人的偶然发现？事实并非如此，我们确定这仅仅是对废弃的地下旧采石场空间聪明的再利用。的确，虽然地下采石场是从 19 世纪初才有了这些“黑夜园丁”，但是早在 18 世纪，巴黎的这些洞穴

① 《第二帝国安全警察总长克洛德先生回忆录》，1881 年。——原注

② 翁贝托·艾柯，《布拉格墓地》，Grasset 出版社，2011 年。——原注

已经成为白色蘑菇的栽培地。为了改善日常生活，人们利用地下空间从事这种简单的活动。譬如，1784 年 6 月 10 日星期四的《巴黎日报》曾提及此事：维耶特公园门口一个名叫洛朗的“啤酒商”（原文如此[①]）三天前把他的酒窖借给一个园丁，用来栽培蘑菇。尤其值得注意的是，这篇文章没有出现在类似“新鲜趣谈”“奇闻怪事”或“烹饪专栏”中，而是一则令人悲伤的社会新闻。报道中称，这个私人地下场所用作他途后通风不畅，导致酒窖主人窒息死亡。

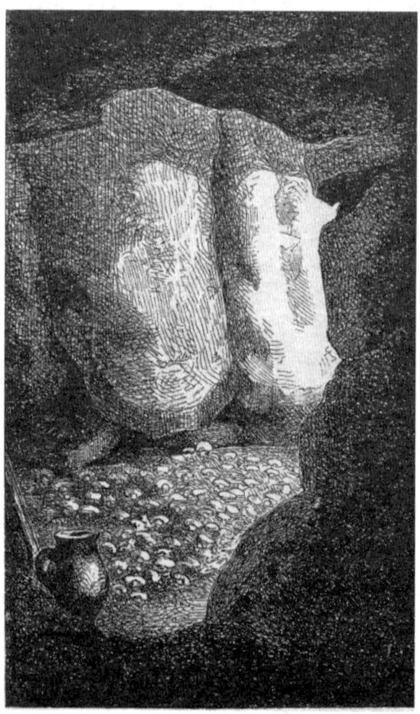

① 作者在此处引用《巴黎日报》原文 marchand de Bierre，当时法语中“啤酒”一词 bière 偶尔也写作 bierre，故有此说明。——译者注

在采石场内栽培蘑菇，必须保持良好的通风环境。因此，这些蘑菇场的通风管十分特别：“**蘑菇场特有的通风管像一个被削去顶端的金字塔，这口矿井上方已经没有这个通风管。**[①]”

为栽培蘑菇，工人们把马粪铺在长长的菌垄上（略有些扁平），在垄上栽种菌丝。“**他的双脚深深地踩进菌床柔软的泥土里，身体触及的地方腾起一层雾气似的粉末。**[②]”

待菌丝生长一段时间后，工人在垄上铺开一层石灰粉以隔绝氧气，防止根部继续生长。正如植物在将死之时会开花孕育后代，巴黎蘑菇也破土而出，只待栽培者们前来采摘。

栽种蘑菇无法转为机械化运作，因为需要随时浇水，采摘时必须依靠人工判断选出大小相似的成品，还须用手灵活操作避免将蘑菇碾碎。由于只能人工栽培，加之这项工作收入实在平平，很快，“巴黎蘑菇”就空余其名（只在郊区的极少数地方还有栽种）。

蘑菇栽种场所逐渐远离原本的生产中心——巴黎旧石灰岩采石场——是出于利润的考量，正如原先从私人地窖转向“地下墓穴隧道”一样。起初，巴黎的蘑菇栽培者被迫转向郊区，利用比城区的地下隧道更宽阔的采空区进行劳作。后来，他们向周边的城镇迁移，越迁越远，地产开发商对近郊的土地很感兴趣，市场经济法律只对巴黎及其郊区最贫弱的阶层才有效力。

---

① 儒勒·马里，《迷失在巴黎》，Jules Tallandier 出版社，1950 年。该出版社旧址位于雷米-迪蒙塞尔路 17 号，与地下墓穴的出口在同一条路上。——原注

② 赛尔日·布鲁索洛，《地下墓穴》。这部小说最初于 1986 年在 Fleuve noir 出版社出版，随后又以作者最初拟定的标题《地狱在第几层?》于 2003 年在 Le Masque 出版社出版。——原注

1918 年，原塞纳河沿岸各省和塞纳-瓦兹省共有 3000 余座采石场，其中蘑菇栽种场 250 处（由 80 名场主经营）。这些蘑菇场所在的地方显然是已经废弃的采石场，分布在蒙鲁日、巴涅、克拉马、沃日拉尔、沙蒂永、默东、塞纳河畔伊夫里、维特里、乌耶、塞纳河畔卡里耶、圣德尼、瓦兹河畔梅里等市镇[①]。并非所有采石场都可以顺畅地进入，事实远非如此。**“他们坐进一个篮子里，篮子上系着缆绳，吊在一个滑轮上**（……）**但坐在篮子里来到地下，是一件很折磨人的事。**[②]”不幸的是，如今大巴黎地区仅剩不到 10 个采石场仍进行人工栽种，全靠当地的最后 4 家生产商勉力维持。

根据合理的推测，巴黎城区范围内最后一个蘑菇栽种场位于 13 区煤气工厂地下。为了改善工人的日常生活，煤气公司负责人同意在地下人工栽种蘑菇，这一活动直到 1937 年工厂拆除才宣告结束。

从此以后，虽说“巴黎之外再无美味[③]”，但这种蘑菇除了名称之外已经与巴黎毫无关系。在皮埃尔·切尔尼亚执导的电影《洞群》中，加斯帕尔·德蒙费梅伊提到有些人喜欢吃希腊菜、干酪土豆泥、色拉或其他菜品里的蘑菇。希望他们在下一次满足对这种孢子植物的饕餮之欲时，能想到这些蘑菇在巴黎地下栽种时经历了怎样坎坷的命运！

---

① 让·拉肖姆，《载种蘑菇》，1882 年。——原注

② 克莱尔·马扎尔，《红月亮的同伴》，Oskar 出版社，2011 年。——原注

③ 原文 Il n'est bon bec que de Paris，法语俗语。——译者注

早先1870年战争留下的隐秘遗迹

1870年，普鲁士军队占领巴黎期间，新近修建的梯也尔城墙（建于1840年初）下方采石场的加固工程被迫中断。当时，人们断定这项工程毫无发生意外事故的风险，因此一停就是许多年，其间仅有过简单的勘察。与之相反，在1870年至1871年的动荡时期，旧城墙下方的采石场和外围一些防御工事（如蒙鲁日和旺夫）下的采石场却被连通在一起，以保证联络顺畅。这样一来，军队可以隐蔽前进，避开可能发生的轰炸，这些战略要地的增援或撤退行动也因此得到保障。

为修建这些地下联络隧道，国家成立了一支隶属于工程部队的临时布雷工兵队。当时的巴黎矿业学校里所有年轻工程师均编入该营队，此外还有采石场部门的工作人员和工人。

不幸的是，在次年（1871年）的巴黎公社起义期间，这些隐蔽隧道的风险很快暴露出来，由于担心起义者从地下占领巴黎，布雷工兵们必须炸塌隧道连接处，他们因此又成为坑道工兵。后来，巴黎重归和平，亟待为所有紧急状态期间修筑的工事绘制地图，并重新整理欧仁·勒费布尔·德富尔西编纂的《巴黎地下地图集》。巴黎公社期间，这部著作不巧正存放在市政厅。人们本以为，相比于采石场监管组织所在的建筑，市政厅更靠近城市中心，能够在这段动荡时期保全《巴黎地下地图集》。不料市政厅遭遇恶意纵火，这本书也被焚毁殆尽。只有此前已经发行或销售出去的样本免于罹难。后来，当这其中的一本出现在旧书市场或收藏品市场时，价格也因其珍稀程度而水涨船高。

巴黎公社运动结束之后，政府在首都各类地下场所展开搜寻，确认没有起义者藏身其中：下水道（譬如圣米歇尔大道下方）、采石场和藏骨堂，总之是一切广义上的地下墓穴——媒体报道和文章中使用的都是这个惯用词语。《真理报》上写着“**堡垒外的地下墓穴**[①]”。另一个例证是“**从巴黎城区内的波拿巴路进入地下墓穴，可以从**（蒙鲁日）**堡垒内部一扇秘密的门里走出来**[②]”；该报还披露了为确保增援顺利到达而对“蒙鲁日地下墓穴”开展的监管工作。

一名起义者甚至真的临时躲在“右岸的地下墓穴”里，就在布凯-德隆尚路上。最终被捕时，他讲述了在地下的不幸遭遇：“**夏约宫的井很深；我看到井底有水光，估计深度有30多米，我心想，安托万或许要让我们在这冰窟里度过大屠杀的最初几个小时。**（……）**在我们身后，井口处透来微弱的光亮。我们面前是一片厚重的、无止境的黑暗之幕。很快，我们听见一阵躁动的声响，似乎是从井底传来的回声；外界的一切声音都被井底的水镜清晰、直接地反射回来，音量放大了数倍，听起来十分怪异。很显然，这是士兵在搜查。**[③]”

石膏采石场也没有缺席这场发生在地下的战斗——“地下墓穴追捕”，1871年6月17日星期六的《画报》中这样写道：“**士兵们带着狗和火把在地下墓穴搜寻，美国采石场那边也是如此，但大家都心惊胆战。凡尔赛的士兵们在地下墓穴迷了路，以为这**

---

① 《旺夫堡垒的撤退》，载《真理报》，1871年5月17日星期三。——原注

② 《在南部》，载《真理报》，1871年5月22日星期一。——原注

③ 《我的七年苦役》（第一部分：“在地下，追捕起义者”），该书由一名苦役犯口述，Publications républicaines illustrées出版公司总主编路易·萨尔蒙整理编写，1880年。——原注

里就将是自己的葬身之地。然而，一个被他们逮捕的犯人却引导他们走了出来。他们不愿押解他回去等待枪决，于是便放他逃生，并守住了这个秘密，结果被长官判处死刑。地下墓穴里还发生了很多骇人听闻的故事。还有传闻称巴黎公社的武装者躲在美国采石场里，但是当局暂时中止了对他们的围捕，转而对能够提示他们踪迹的英国猎狐梗犬产生了兴趣。（……）一些人在和平时期死于饥饿，死时仍幻想着自由。[①]”

德占时期的地下情况

第二次世界大战爆发前夕，巴黎地下已经建成了大规模的防空洞。这项工程自 1923 年起就已经开始筹划。在本应是“最后一战”的第一次世界大战停战后不久，人们便意识到德国有复仇的野心。政府开始筹划被动防御措施，设置了几千个民用集体防空洞，同时还在所有政府机构地下另外增设。防空洞须具备良好的气密性，来应对很可能到来的化学武器攻击。

在一幅地下地图上，可以看到分别属于德军（蒙田中学防空洞）、抵抗者（国内军的罗尔-唐吉防空洞）和通敌分子（拉瓦尔防空洞）的三个防空洞。虽然今天人们可以经过隧道轻易地从一处到达另一处，但这在战时是不可能的，因为三者没有同时启用。

实际上，通敌分子的防空洞始终没有完工，也因此从未派上用场。

① 路易·米歇尔，《巴黎公社：历史与记忆》，1898 年。——原注

蒙田中学里用于躲避轰炸的防空洞被德国空军司令部征为己用，因此归德军所有。**“隧道交叉处（……）墙上有新刻的标语，还画着箭头：**HINTERHOF RAUCHEN VERBOTEN S. MICHEL[①]”，这座 Luftwaffe[②] 里，到处都是随意乱画的橙色、蓝色和黑色箭头。**“德军在此设立了一个指挥部。一切还保留着当时的原貌，尽管有些历史爱好者和追求刺激的人偶尔会到这里探访。**[③]”

1944 年 8 月 19 日至 25 日，巴黎人民起义的最后几天，罗尔-唐吉上校和他的副官们曾暂避于维克多-舍尔歇路（实际在丹费尔-罗什洛广场下方）的水利局防空洞内，只有短短不到一周的时间。**“一辆老式雷诺车绕过贝尔福雄狮**[④]**，停在了舍尔歇路 9 号水利与污水管理局门前。（……）宛如欧仁·苏小说的主人公一般，国内军统帅罗尔上校点燃了一簇明亮的火把，走下 138 级台阶，来到他的新指挥部。在最后一级台阶前，一扇安全门缓缓打开，发出吱吱嘎嘎的金属声响。在那里，巴黎城市街道之下 26 米的地方，在 40 代巴黎人的骨架和颅骨旁边，矗立着这道秘密要塞，他就在那里指挥战斗。**[⑤]”

这座防空洞还有一个秘密名称：**杜洛克**。它事实上与采石场（有时也与下水道和地铁）相通，临近地下墓穴藏骨堂，但其实

---

① 让-皮埃尔·科尔洛克，《影子的伙伴》，Hachette jeunesse 出版社，1990 年。——原注
原文为德语，意为“后院禁止吸烟”。——译者注

② 德语，意为“防空洞”。——译者注

③ 埃尔韦·加莱，《塞纳河上》，Édition des Écrivains 出版社，2000 年。——原注

④ 巴黎丹费尔-罗什洛广场中央的一座雕塑。原雕塑在法国东部小城贝尔福，为纪念普法战争时期当地军民的英勇抵抗而制。巴黎的雕塑为同比例缩小版。——译者注

⑤ 多米尼克·拉皮埃尔与拉里·考兰，《巴黎是否在燃烧？（1994 年 8 月 25 日）巴黎解放史》，Robert Laffont 出版社，1964 年。——原注

也有数百米距离。不过，此地最隐蔽的入口还是舍尔歇路上的这段台阶，因为这座防空洞正好位于丹费尔入市税关卡的西侧建筑之下，在这样的关键时期，从直通防空洞的入口进入有被敌军发现的风险。雷奥·马勒也回顾了此事："**我的资料里有空白。我只知道在 1944 年 8 月，**（拉乌尔·卡斯特雷诺）**待在起义军司令部所在的地下墓穴里。他是那段著名的时日里杰出的引导者，但他经历了太多不同寻常的险情。**[①]"

罗尔-唐吉在回忆录中写道，他第一次走进这个日后成为司令部所在地的防空洞时，看到这里的过滤装置，仿佛回到 8 年前的 1936 年；那时，他在蒙鲁日奈斯兄弟公司的车间工作，这是为众多被动防御工事制造和安装换气系统的几家公司之一。换气系统必须有很好的气密性，因为当时人们害怕敌军用一战时发明的化学武器轰炸巴黎。

可以肯定，偶尔有人会利用"地下墓穴"的隐蔽性从事各种各样的活动，他们仅仅把这里当作躲避地面视线的秘密地点。印制宣传单有时会在采石场里进行，但活动家们始终坚持的工作重心是记录整个地下隧道系统，并绘制可能为抵抗运动提供帮助的地图。这正是苏泰尔和塔莱拉什医生[②]在圣安娜医院地下想方设法完成的工作。

抵抗者们甚至很可能在这里接受训练，学习如何使用从伦敦运来的武器装备。克莱蒙·鲁瓦古（1918—1990）就给以三人为

---

① 雷奥·马勒，《蒙苏里的老鼠》，Robert Laffont 出版社，1955 年。——原注

② 苏泰尔医生著有《巴黎地下墓穴和采石场》，由旧采石场与地下洞穴历史研究协会（SEHDACS）于 1986 年出版。塔莱拉什医生为该书作序。——原注

一组藏在圣宠谷和地下墓穴里的抵抗者提出了这样的建议[①]。

此后，到了冷战时期，重新利用巴黎地下设施的计划则带上了一丝乌托邦的色彩。为此，1964 年 12 月 9 日星期三，由加斯东·莫内维尔主持的参议院第二轮会议上曾发生一次辩论。勒内·杜博瓦指出：“**全体国民对此毫无防备，甚至即便是在巴黎和大巴黎地区，人们对采石场、地下墓穴、地铁的利用情况也一无所知……**”于是，法国只设置了极少的几处抵御原子弹的防空洞，与我们患有偏执狂的瑞士邻居相差甚远。其中一处就是二战时期在路桥工程中央试验室（15 区勒菲弗尔大道）修建的被动防御防空洞，这座防空洞当时是按照抵御核武器的标准动工改造的[②]。

---

① 《警察局中：从抵抗运动到巴黎解放。第二部分，警察局：被遗忘的抵抗运动，1940—1944》手册，吕克·鲁多夫组织撰写（2010 年）。——原注

② 《错误电压》一书中曾提及此事。这是乔纳森·利特尔的小说处女作，仅发行英文版（Signet Books 出版社，1989 年）。——原注

地下的传说

地下世界是另一重天地，萦绕在这里的阴影和谜团不断激发人们的好奇心，制造了许多广为流传的传说。当然，有了那些在地下延伸的隧道，巴黎也不能例外。

那些陈词滥调就这样世代延续，那些有关“**无甚意义的内容，即地下墓穴的遗体和其他快餐小说里的笑料**[①]”的都市传说才得以口耳相传。总之，根据富歇的说法，就是那些缺乏灵感的作家所写的通俗幻想小说，这早在19世纪就已存在：“**我那5万名九月屠杀的遇难者呢？布鲁特斯·代马雷公民先生，你觉得我把对那5万名九月屠杀遇难者的爱藏在地下墓穴里，是为了给你编**

① 斯蒂芬·米察卡，《塞纳河畔埃尔维斯》，La Tengo 出版社，2011年。——原注

织荣誉公民的桂冠[①]吗？（……）在地下墓穴的尽头，人们发现了23架制作精良的断头台（恶棍们没有时间来造第二台了）。[②]”

“地下派”？那是什么？一种教派？

“不不不，”年轻的服务生用力摇了摇头，反驳道：**“我们只是一群狂热的爱好者罢了。[③]”**

大学里的研究员成了新的虚构故事制造者，他们不再费力进行实地考察，何况深入地下会把浑身弄得脏乱不堪。这些故事之所以写在报纸上，并且在报道中被屡屡提及，是因为那是真的！……说到底，在“地下派”一词背后，是一群假想的生物，一群存在于人们幻想中的、不真实的巴黎“地下群落”。**“其中有无家可归的人、采石场部族、独居者……[④]”**

人们试图让我们相信，“巴黎地下墓穴”是一个汇集政治团体[⑤]、秘密社团、不同派别和吸毒者[⑥]的地方，此外还有光头党、朋克、黑弥撒和撒旦仪式的信徒。**“他们在黑暗中唱着歌，男人粗犷的声音回荡着，能听到隧道里靴子的声音（……）。我们就**

① 在古罗马时期，为表彰战士的功绩，国家授予其荣誉公民桂冠。——译者注

② 欧仁·苏，《人民的秘密》或《一个无产阶级家庭的年代故事》，1849—1857 年。——原注

③ 理查·波涅，《少年印第安纳·琼斯与辐射灯》，同前。——原注

④ 吉兰·吉尔贝蒂，《黑暗的洗礼》，Anne Carrière 出版社，2014 年。——原注

⑤ 1955 年 11 月 2 日颁布的禁止进入巴黎地下的法令就是为了封杀这种类型的集会。——原注

⑥ 文中列举引自《巴黎城郊和地下采石场》一文，载《城市历史》（2003 年 2 月，第 8 期），第 41—56 页。——原注

是法西斯主义者！（……）哎嘿！！！ 哟呵！！！（……）我们可能遇到的最坏的事情……于利斯有一晚就撞见了这群人，那简直是他人生中最恐惧的时刻。[①]”既有观念并非一朝一夕可以扭转，它甚至被改编成了电视报道的主题[②]，继续给作者们提供灵感。“**6 月 19 日，让娜为了逮捕一群做黑弥撒的光头党，在进入地下墓穴时还看见了她父母的尸体。**[③]”

起初，采石场注定是一个鲜为人知的地方，人们在那里倾注了最黑暗、最疯狂的想法，生来道德败坏的小混混和作恶多端的人都在这里聚集。“**我……我不知道，但也有公爵和贵族……国王的亲戚，嫡亲的王子……我知道他们也会在巴黎的旧地下采石场聚集，把他们玩弄过的女孩的尸体丢在那里。**[④]”在网上的恶作剧出现之前，这种在“巴黎地下墓穴”里举行集会的假设，早已通过小说、报纸和其他出版物广为传播，为街头巷尾的议论提供了源源不断的素材。有些人坚信一句话：无风不起浪。他们给出的错误解释十分简单：一些人之所以经常成群结队进入巴黎地下，尤其还是在夜里（大多数“非法入内者”都是如此），是因为他们要掩人耳目。不是在进行某种非法交易，就是秘密社团或者其他教派在那里集会。

---

① 埃莉斯·丰特纳耶，《班克斯和我》，Rouergue 出版社，2014 年。——原注

② “巴黎地下的神奇生物”，法国电视一台杂志《头条 52 分》1990 年 6 月 1 日主题。1990 年 7 月 25 日《世界报》的头版标题为“影像的冲击，特效的砝码——夸大事实的电视报道不能取代部分信息杂志”，阿尼克·科让撰。——原注

③ 拉利·沃克，《不要忘记》，侦探小说口袋书系列，2003 年。——原注

④ 让·达永，《公爵的秘密死亡》，Le Masque 出版社，2007 年。该书是《三壮汉的冒险故事》四本系列小说中的第一本，最初以《德鲁雅德夫人的极度荒淫》为题在 Grand Châtelet 出版社出版。——原注

方托马斯——那位“**犯罪天才**”“**恐怖大师**”“**万物的主宰**”——就是一个例子。他统领着一支地下队伍，一个真正的奇迹王朝，一个“恶灵的王国”。为此，他把其中一个据点设在了“**蒙马特采石场深处一座宽敞整齐的洞穴**[①]”里。他的心腹，更确切地说，是他的奴隶们，是一群只会大喊“Jap!”一词的盲人，任何光线都会使他们痛苦和紧张，这只能让我们想到加斯东·勒鲁 10 年前在《大盗回魂》中想象出的“鼹鼠族”。

团体的集会地?

“从今往后，我们都在地下墓穴集会。在戒备状态下，我们还可以在那里躲上好几天。[②]”

汇集于巴黎的采石场最具代表性的团体当属加斯东·勒鲁笔下的“鼹鼠族”，尽管他们只存在于文学作品中。不过，也有一些团体是真实存在的，比如埃利·贝尔泰笔下在采石场地窖里聚集的圣殿骑士团[③]，或者鲍福小说中由总导师领导、在蒙马特采石场集会的共济会成员[④]。加斯东·勒鲁的另一部小说《神秘国王》中还出现了烧炭党人（Carbonari，意大利语）[⑤]；儒勒·勒尔

---

① 皮埃尔·苏韦斯特，马塞尔·阿兰，《悲伤的花束》（又名《方托马斯的冒险》），Fayard 出版社，1912 年。——原注

② 儒勒·布朗贝，《恐怖时期的地下墓穴》，连载于《讲述者报》，1864—1865 年。——原注

③ 《巴黎地下墓穴》，1854 年。——原注

④ 鲍福，《蒙马特采石场的秘密》，该书有多个书名均为人所熟知。最早于 1876 年在杂志《贼》上连载。——原注

⑤ 1908 年至 1909 年，《神秘国王》在《早报》上每日连载，共 105 回（后于 1911 年由 Fayard 出版社出版）。——原注

米纳在《巴黎之狼》（1876 年）中用法语称他们为“烧炭党”(la Charbonnerie)。最近，在马克西姆·沙丹《混乱的奥秘》[1] 一书中，“光明党”（Illuminati）也会在这里出没。

这些团体都有各自不为人知的秘密活动。一般来说，他们必须尽快熟悉采石场，找到较为理想的洞穴：**“这是一个‘烧炭党’策划阴谋的集会地点。和所有举行集会的洞穴一样，这个洞穴通向一条在房屋地基下挖出的隧道，隧道下方就是地下墓穴。**[2]” 这种迷宫式的结构可以有多个出口，作为紧急撤退时的通道。在 1944 年 8 月巴黎人民起义期间，这样的结构也派上了用场。数量众多的入口和出口使得罗尔-唐吉能够在他的藏身之处附近直接躲避可能发生的暴乱。

《大盗回魂》中的“鼹鼠族”是一个包含着 2 万亡灵的群体[3]，他们都是 14 世纪初一个在巴黎地下墓穴生活的家庭的后裔。他们之所以在这里生存，有的是为了躲避灾害，有的是为了逃离地上的那些悲惨事件。通常，在三代人之后，他们就已经将“地上的世界”忘得一干二净了。当然，这些人之间还说着“**最纯粹的法语—— 14 世纪初最纯粹的奥依语**[4]”，因为他们没有受到任何外界因素的改变。他们生活在黑暗中，无须看清事物，他们的眼睛已经完全萎缩（就像小说里写的，像鱼和鸭子的眼睛一

① Albin Michel 出版社，2006 年。——原注

② 阿尔贝·德尔皮，《光脚的让》，1876 年。——原注

③ 《大盗回魂》于 1960 年被让·鲁热尔改编为话剧。1981 年又被改编为三集电视剧。——原注

④ 加斯东·勒鲁，《大盗回魂》，1904 年。——原注
奥依语，罗曼语族的一支，主要分布于法国卢瓦尔河以北、比利时和海峡群岛的部分地区。通常指旧法语，区分于法国南部的奥克语。——译者注

样“喜暗”，和我们所知的对穴居动物的描述完全一致），而其他感觉器官却巨大到乃至畸形：他们的耳朵肥大，像竖起来的小号，能够敏锐地捕捉到微弱的声音；由于不能忍受光的难闻气味，他们鼻子的形状已经演变得近似于猪的口吻，极度灵敏；另外，他们手指和脚趾的数量也比常人多得多！

曾经有许多人居住在丹费尔广场旁的巴黎地下墓穴里，比如支系庞大的“鼹鼠族”。而在先贤祠附近——即我们今天带领读者参观的地方，居住着一些在第一帝国垮台后令整个欧洲的君主制国家闻风丧胆的政治集团，那就是自由主义者和波拿巴王朝支持者，即著名的“烧炭党”。

地下墓穴之王和他的队伍将这些密谋者从前在地下的居所选为他们的驻地。但是很快——如果可以这样说的话——他的业务发展壮大，因此他不得不扩大店面。如果某个烧炭党人曾经回到地面，又通过穆夫塔尔路的井筒再次回到地下，定会无比震惊：首先，他将看到一部电梯，之后还会看到最初的秘密会议厅被改造成了一座巨大的宫殿，宽阔无边。历史本身向我们展现了一个布局巧妙、舒适惬意的世界。

——加斯东·勒鲁，《神秘国王》，1911年。

大仲马笔下的雅克尔侦探也曾偶然撞见一个惊人的地下集会：**“这个秘密集会十分奇特，这些勇敢的人可能是一些温和的老兵。**

他们从 1815 年起就住在这里，还不知道皇帝已经死了……[1]”

由于常年潮湿，这些地下避难所内部都十分舒适，各种罔顾真实性的小说却都不约而同地展现了这一点[2]。“**她走在木质地板上，上面铺着柔软的地毯。隧道的拱顶和墙壁上都用银色的挂钩挂着优雅的黑色天鹅绒布。**[3]”同样，在《神秘国王》中，加斯东·勒鲁这样描绘“巴黎地下墓穴之王”：“**他一抬头，猛然发现自己身处一个真正的客厅；洞穴是圆形的，大小和之前那个相似，但前一个是一座货真价实的洞穴，而这里则挂满了天鹅绒挂帘，这般奢侈实属罕见。**”

通过皮埃尔·切尔尼亚的电影《洞群》里加斯帕尔·德蒙费梅伊的洞穴装饰，我们也能非常真切地体会这种天马行空、不切实际的想象。

不要忘记还有儒勒·布朗贝创造的人物——在这位想象力丰富的作家笔下，一个名叫让-弗朗索瓦·德库雷[4]的人 1767 年逃进地下墓穴，从此开始了在恐怖统治时期至少 25 年的地下墓穴幽居生活：“**洞穴是在凿取燧石的岩体中开凿的，巨大，宽敞并**

① 亚历山大·仲马，《巴黎的莫希干人》，同前。——原注

② 不过，这一点的确是现实主义的描写。因为这个描述来自一个长期躲藏在地下的人，在《奥代萨的地下墓穴》一书中可以读到。该书是一本当代文集，创作于第二次世界大战之后，作者是瓦伦丁·卡塔耶夫，由莫斯科外语出版社出版，出版年代不明，创作年代为 1945 至 1951 年。——原注

③ 《百岁老人，或两个贝兰戈尔德》是巴尔扎克生前出版的作品，因为是以笔名奥拉塞斯·德·圣奥班出版（1922 年）。在小说中，百岁老人绑架了他的爱人马里亚妮，并把她囚禁在他的地下洞穴中。后来，加斯东·勒鲁于 1910 年出版的《剧院魅影》就以此为原型；1950 年，在儒勒·马里的《迷失在巴黎》一书中，莫德斯特也同样被关在地下。——原注

④ 德库雷是历史上真实存在的人物，他悲惨的命运与巴黎地下墓穴藏骨堂紧密相连。从 1777 年到 1782 年，他始终在那里制作浮雕。——原注

且十分干燥；里面有两张床、几条毯子、一些容器和厨具，还有许多与矿物学有关的书籍。[1]”

地下十分潮湿，所有东西都不能长期储存：木材、地毯、天鹅绒、布帘、油画、毯子、书籍、金属，这些物品都会很快发霉，腐烂，或者不可避免地氧化[2]。

恶魔的洞穴——骗取钱财！

自1782年起，“地下墓穴”一词就被精明地用在广告里（在巴黎的总藏骨堂出现之前[3]）。这个词语能够轻易地引发轰动，因为它真实存在于巴黎人的脚下。这片地下世界已经催生了一些新职业：有些狡猾的人假扮巫师，向天真的人承诺能让他们看到魔鬼……以此来骗取钱财。

早在17世纪，一个名叫凯撒的人已经想象出了一整套使他的地下邪恶咒语更加可信的仪式：他在自己的据点组织集会和宗教审判，口中念念有词，价钱在45或50皮斯托尔[4]左右。他的6名同伙则打扮得像复仇女神一样，在阴影中挥舞着沉重的铁链，怂恿体型巨大的恶犬向死者嚎叫，狂吠。他们将燃烧的火把抛起，鞭打一头背着粗重铁链的大山羊，铁链上绘着血红的颜色，

---

① 儒勒·布朗贝，《恐怖统治时期的地下墓穴》，同前。——原注

② 在第二次世界大战期间，希特勒为了保护他从欧洲各国博物馆中掠夺来的文物免受轰炸，选择将其保存在萨尔茨堡旁边的哈尔施塔特盐矿。盐矿的温度在4—8℃之间，湿度约为60%（在巷道中尤其如此，矿房湿度则相对较低），为名家油画提供了相对适宜的贮存地点，而金属则需要涂上一层油脂来避免氧化。——原注

③ 一切都始于一本匿名小册子，标题为“将巴黎城区及城郊采石场改造为地下墓穴的计划”（1782年在伦敦和巴黎的小商贩中流传）。——原注

④ 旧时法国货币单位，1皮斯托尔相当于10里弗。——译者注

仿佛被烈焰烧灼过一般。使得整个故事和诡计更加有趣的是，这一整套祭祀活动在如今的圣安娜精神病院旁边举行，人们要从一个被称为“狮子沟”的露天采石场进入（入口被拾荒者和社会边缘人群占据，更为这个地方增添了一丝令人不安的色彩）。18 世纪中叶，一个名叫德拉弗斯的人在蒙马特石膏采石场里将凯撒的伎俩如法炮制。一些天真无畏、愿意付钱的巴黎人前来观看撒旦现身。

后来，这两个骗子因为把戏被揭穿而锒铛入狱，凯撒在巴士底狱的牢房中度过了余生。不过，被地下恶魔所吸引的不仅仅是穷人。17 世纪末，奥尔良公爵也整夜待在旺夫和克拉马（与巴黎相邻的两个市镇）的采石场里，向魔鬼呼告，祈愿。

自从人们知晓巴黎地下采石场存在的那一天起，这样的传说就已经流传开来。将近 11 世纪时，今天的卢森堡公园（巴黎 5 区）附近坐落着“虔诚者”罗伯特二世的城堡。这座建筑原先位于古代巴黎城外的“绿色山谷”。13 世纪初，这座被遗弃的城堡被社会底层的流浪汉和恶棍们占领，成为他们的老巢。他们袭击路过此处前往附近城市奥尔良的旅客，晚上就聚集在城堡里分享战利品，养精蓄锐。城堡那被火灾焚毁的华丽外形，内部时常传出的声音和它日渐狼藉的名声，都足以招来绝对的负面评价。从那之后，人们就认为这里有恶魔出没，幽灵居于其中。于是就有了“去见沃韦尔鬼”和“去见绿鬼”① 的说法。查尔特勒修会在

① 法语分别为 aller au diable Vauvert 和 au diable vert。沃韦尔（Vauvert）即城堡所在的绿色山谷。第一种说法在奥克西塔尼地区演变为第二种。——译者注

这里安顿下来之后，便开始驱逐恶魔。相传，他们在震耳欲聋的雷声、阵阵浓烟和“散发着恶臭的漆黑大雾”里连续战斗了三天三夜，终于击败了撒旦。后来，热拉尔·德·奈瓦尔在《故事和笑话》[①] 里讲述了在沃韦尔“恶魔城堡”的废墟里游荡的绿色怪物的故事，从此，这些魔鬼冒险故事渐渐为人所知。

查尔特勒修会驱逐恶魔之后，就在此地投资，发展远近闻名的酿酒生意。一些人猜测，1793 年圣宠谷修道院看门人失踪事件就与此有关。当时，大革命赶走了大量僧侣，这片土地逐渐失去了它的威望和名气。直到奥斯曼为改善交通而进行城市改造，这里才建成了几条新的主干道。“**陛下于 2 月 18 日光临大驾，决定移除地下墓穴上方面积约 12 公顷的两层建筑**。[②]”在奥斯曼改造巴黎的新蓝图上，这座宏伟的修道院和一些宗教建筑被拆除，只在圣米歇尔大道上留下了一扇门，和地下采石场里各种用于记录位置的铭文。

路易十三时期，恶魔沃韦尔再次成为人们谈论的话题。

很长时间以来，在那座用老修道院的废石盖成的房子里，人们每天晚上都能听到一阵巨响。然而这里已经空置了许多年。

---

① 1852 年汇编集。——原注

② 让-吉·苏米，《城市的果实》，Robert Laffont 出版社，1993 年。——原注

许多邻居都吓坏了。

他们去通知了警官，警官派来几名弓箭手。

令这些士兵感到惊愕的是，他们听到了玻璃杯相碰的声音，其中还混杂着尖厉的笑声。

起初，有人认为是一些制造假币的人在狂欢庆祝，并且根据噪音的强度估算了人数，于是又去寻求更多支援。

但是，人们认为一队宪兵还是不够：那里的喧闹声似乎来自一整支军队，没有一名中士愿意带领手下的士兵进入这个窝点。

最终，临近清晨时，队伍已经足够壮大。人们走进了房子。却什么也没有找到。

太阳驱散了幽灵。

整整一天，人们都在调查此事，后来推测出噪音来自地下墓穴。大家都知道，地下墓穴位于这个街区下方。

人们决定进入地下。但是，在警方部署人员期间，夜幕又降临了，噪音再一次响起，比以往任何时候都强烈。

这一次，没有人再敢下去。很明显，地窖里除了酒瓶没有任何东西，一定是恶魔在下面跳舞。

人们只好把周边的街道围起来，请教士们来做祷告。

教士们做了一连串祈祷，甚至经过通气窗向地窖里倾倒圣水。

然而噪音始终存在。

整整一个星期，巴黎人都与郊区保持距离，胆战心惊地询问那边的新进展。

最后，宪兵队里胆子最大的中士提出要进入被诅咒的地窖。他获得了一笔抚恤金。

这名中士在酒的世界里销声匿迹，但绿色怪物究竟是怎么一回事，“我们永远不会知道”。

——热拉尔·德·奈瓦尔，《故事和笑话》，《绿色怪物》，“第一章　恶魔城堡”，1852年。

传说一个接着一个。更准确地说，是一个新的故事取代了另一个人们不久前才费力扼杀的传说。一段时间之后，蒙苏里采石场（巴黎14区）出现了另一个绿色恶魔，埃利·贝尔泰的小说《巴黎地下墓穴》让人们知晓了它的存在。这本小说获得了惊人的成功，后以各种形式多次再版，最新版重印了22次之多。

这个“绿色人”让采石场监管组织的工人们十分恐惧，地下的工作环境使他们更加迷信。在地下采石场的工作车间里，人们把这个故事讲得天花乱坠。从1777年就在那里工作的“老”工人十分肯定地说，他们遇到过一个神奇又孤独的生物，在蒙苏里广阔而黑暗的地下空间里踽踽独行。这个“蒙苏里鬼魂”的出现对于目击者来说是一个不祥的预兆：这预示着他自己或者他的家人会在当年死亡。

巴黎地下墓穴建立后不久，埃利卡·德图里就发表著作，向全世界介绍巴黎的这个新奇事物。仅仅在两年之后，这个地方就开始为一些“讲故事的人”提供灵感。1817年，出现了一本《Spectriana，又名记录鬼怪、幽魂、魂魄、幽灵、地精、恶魔和魔鬼等骇人听闻、精彩绝伦、与众不同的故事和冒险集》[①]，而这本书的素材则是“地下墓穴中发现的手稿”！

18 世纪时，巴黎天文台的看门人还在利用很多游客的盲从心理赚钱，虽然他从不承诺能让人看见魔鬼。路易-塞巴斯蒂安·梅西埃在《巴黎的画卷》一书中讲道：“**我从天文台的地窖下去，满怀好奇地想参观这些废弃的采石场。从前，一个满口胡言的看门人会带你在天文台下迷宫一样的空间里转上两小时，骗你说现在到了这条或者那条路下方。在一个形成钟乳石的地方，他向那些傻乎乎的巴黎人喊道：‘你们现在在塞纳河下。’他用这种无耻的江湖骗术来赚钱。这些外来者以为他们已经过河，但实**

① “由‘作家’书店出版，卡皮西纳大道 1 号”。——原注

际上他们根本没离开天文台的地窖……[①]”在此，我们需要指出，钟乳石的形成肯定与天然洞穴无关，和远古时代更没有半点联系。在巴黎地下，采石场隧道里和二战时期的混凝土建筑上都有钟乳石和石笋。因为城市大气中二氧化碳浓度较高，这些结石很快就能形成。酸化后的雨水流经钙质土时，更容易将其溶解。

及其神秘的失踪

在所有传说中，在所有关于地下采石场的神话中——这些神话并不是很多，还差得远——有菲利贝尔·阿斯帕尔的一席之地。严格来说，这并不是一个纯粹想象出来的传说，而是产生于现实事件的真实谜团，其中有实实在在的迷信崇拜。即便这个悲剧本质上是一出历史事件，但是由于缺乏证据，并且发生地点符合人们的所有幻想，它最终还是演变为一个传说。1804 年，菲利贝尔·阿斯帕尔的尸体被发现，直到 2010 年，人们最终才在档案中找到一份手稿。可以说，在这 200 多年的时间里，该故事始终戴着神秘的面纱。即使人们有理由假定，早在 1854 年（埃利·贝尔泰的小说在这一年出版），他的故事已经确切地为人所知，也仍然要等到一个半世纪之后才能发现新的元素。

“像是有个看门人，但我不记得他的名字，反正，他在圣雅克采石场的隧道迷宫里迷了路，后来就死了。人们为他造了一块石碑。[②]”

---

① 《巴黎的画卷》“首都的底层”节选，同前。——原注
② 拉里·沃克，《女士的不幸》，同前。——原注

于是，一个人，1793 年失踪，直到 1804 年之前，一直没有被人谈起……他的存在变得比神话还要神秘。故事的开头似乎十分平庸：“**好，我带了钥匙、灯笼、地图，**”菲利贝尔·阿斯帕尔回想了一遍，“**前进！**[①]”通常，几年之后，一座看似与事实和人物的重要性并不相称的纪念碑就出现在巴黎地下了。“**角落里的一束灯光照亮了一块纪念碑，我花时间读了上面的铭文：纪念菲利贝尔·阿斯帕尔，1793 年 11 月 3 日在此采石场内失踪，11 年后，遗体被发现……还有一些文字，但我没时间继续读了。**[②]”这听起来像是一个坟墓，但是“**为什么魔鬼会独自下到采石场里，他在寻找什么？**[③]”，传说正是因这句话而起，由于没有任何切实的元素，杜撰的故事渐渐创造出一个生命。

他是为了到查尔特勒修会的酒窖里找瓶好酒，才秘密进入采石场隧道？这个教会在 1792 年就已经被逐出巴黎修道院，因此这种情况不大可能。根据保存在警察局档案中的报告手稿上的信息，这座废墟在地面上已经被洗劫一空。

人们是如何认出他的呢？11 年后，被发现的应当是一具骨架才对。答案有很多版本：一些人认为是通过在骸骨旁找到的挂有钥匙的皮带扣来判断的，另一些人则说通过制服的纽扣确定是他。那么，为什么会把他埋在巴黎地下墓穴的藏骨堂之外呢？如果他有家人，谁会来他的坟墓前寄托哀思呢？我们不能确定他是否有家人，也可能没有！这个历史“谜团”中的一部分将永远离我们而去。

在同一时期，亚历山大·贡斯·德·鲁热维尔向被关在巴黎

① 斯特凡·德科尔纳，《巴黎寓言与故事》，同前。——原注

② 让-巴蒂斯特·埃韦特，《第五小姐》，Magnard 出版社，1999 年。——原注

③ 斯特凡·德科尔纳，《巴黎寓言与故事》，同前。——原注

古监狱内的玛丽·安托瓦内特传递信息，尝试策划帮她逃脱。但这项被称为“扣眼密谋”的计划败露了。于是，王后的关押条件变得更加严苛，试图逃跑也成为了审判中的基本罪名之一。在1793年10月逃到布鲁塞尔之前，鲁热维尔曾藏身于蒙马特石膏采石场中。大仲马把他跌宕起伏的人生写成了小说，就是后来的《红屋骑士》（1846年）。

石膏采石场：廉价住所

距现在更近一些，在19世纪，蒙马特石膏采石场已经声名败坏，因为穷人把那里当作夜晚的住所。“**那时，首都所有脾气暴躁、好吃懒做的人都在美国采石场。**[①]”当夜幕降临时，采石工人和石膏工人回家之后，他们就来这里寻找住处。尽管是露天场所，但是运转了一整天的石膏炉还散发着舒适的余温。在这种温暖的、令人感觉麻木的氛围中睡着可能会有生命危险，因为石膏炉中泄漏的气体是有毒的。“**他不是想在蒙马特采石场睡觉，而是想和石灰煅烧工多聊聊天。他向采石工询问远古动物的信息，对陪同居维叶进行地质考察的老采石工作调查。他还有其他的收获。这些既粗鲁又聪明的人，在燃烧着的柴火的微光下，听他讲述怪兽的故事，一听就是好几个小时——他们尚能发现残存的印迹，以及地球原初的动荡变革。**[②]”

欧仁·苏《巴黎的秘密》第一卷（“歌女的故事”一章）

① 康斯坦·盖鲁，《菲菲·沃拉尔的团体》，1881年。——原注

② 热拉尔·德·奈瓦尔，《十月的夜》，“蒙马特的夜”一章，1852年。——原注

中，有两个段落就提及了作为穷人避风港的蒙马特采石场：

“晚上，我在克利希的石膏炉里面睡觉。我是实实在在的流浪汉，在柱子边上捡卷心菜叶来吃。不过，最常见的情况是，克利希的石膏炉太远，我饿得走不动路，于是就在卢浮宫的大石头底下睡觉……冬天，下雪的时候，我的身上就盖了一层白色的被子……

“啊！但是，当我得到一小块马肉的时候，就连国王也管不了我了！这块肉救了我的命，我回到石膏炉里，就像一头狼在它的洞穴里一样。如果石灰工人允许，我就在炭火上把它小心翼翼地烤一下。石灰工人不工作的时候，我就到罗曼维尔收集一些干木头，用打火机点上火，然后在墓墙的一角烤肉吃。”

相反，当“宪兵队的条子”要下来的时候，流浪汉们就会像一群麻雀似的四散开来，钻进地下隧道里，在人为的黑暗中寻找最后一处藏身之地。**“采石场的居民们一路后退，一直来到采石场的斜坡，那里的出口泛着耀眼的白光，照亮了整个山谷。**[①]”皮埃尔-雷昂斯·安贝尔于1876年出版文集《穿过陌生的巴黎》，在第十四章中，他讲述了“（他自己）在美国采石场度过的一晚”。在这里，他将1867年出版的《巴黎地下墓穴》收为其中一章。仅仅几年之后，当路易·西莫南在随笔集《地下世界奇观》[②]中写到巴黎采石场时，也引用了这部分内容。

当代作品中也有类似的叙述，这证明直到最近，近郊地区还依然存在这种现象。的确，在一本面向巴黎的俄罗斯人的杂志[③]

---

① 康斯坦·盖鲁，《菲菲·沃拉尔的团体》，同前。——原注

② 本书由 Hachette 出版社多次出版，第一版诞生于1868年。——原注

③ 《新观察家》（Paris-Île-de-France 出版社），2005年3月23日第2106期，文章署名 M. P. B.。——原注

资料中，我们发现，《在巴黎，在街上》[1] 的作者尼古拉·博科夫就曾在加尼采石场生活过许多年。

1815 年，这些被已经五六代石膏工人挖掘过的洞穴，有许多条向各个方向延伸的隧道，一直通向山丘的中心。在过去的 20 年里，人们并未对这里投入过多关注，因为共和国和帝国统治下的巴黎有其他麻烦要解决。不过，在 1814 年恢复和平之后，建筑业得以重振，工人们又回到了地下采石场里。但是他们只占很小一部分。(……) 据说，采石场还是警方通缉犯的藏身地，一些粗心的工人还把从采石工师傅那里偷来的石膏藏在这儿。但是没有人去看过，右岸地下墓穴的存在也逐渐演变成了民间传说。(……) 很难把潜伏在这里的人认作石膏工人，因为他们穿着深色的衣服。总之，这就是一群游手好闲之徒，选定这个地方做一些违法的事。有时，他们中的一个甚至将一半身子探出洞外，小心翼翼地四处张望，然后飞速地缩回自己的洞里。显然，他们是在等某个人。他们要么打算在外面单独行动，要么是被一群驻扎在地下深处的恶棍安插在那里放哨。

——鲍福，《泽诺比在哪里?》，1880 年。

① Noir sur Blanc 出版社，1998 年。——原注

如果说，那时的废弃采石场都被当作避难所，但也有人在那里吃喝享乐的话，如今，在巴黎地下，人们还会组织一些欢庆宴会。这是我们能在巴黎地下感受到的纯粹的“狂欢”，它不同于人们口耳相传的小道消息和寻求轰动效果的媒体兜售的新闻，那些仅仅是为了满足有需求的读者和抱有窥探心理的听众。当我们在报纸上读到“**城市晚宴是在首都的下水道里举办的**[①]”，很明显，这就是指巴黎过去的地下采石场。事实的确如此，每隔一段时间，就会有一个地下派在这里组织生日会，或者举办其他仪式——也有通常在地上举办活动的普通“地上派”（即不属于地下派的人），他们也想寻找一个独特的环境，于是就想到了地下。地下宇宙[②]于是以各种各样的方式（直接了解或者通过网络）成了年轻男孩和女孩的葬身之处……还有什么比在巴黎地下“埋葬”一些东西更合理呢？

可以遇见上流社会的聚会

“首都的地下墓穴”能够举行参加人数众多的活动，实际上，是通过不同渠道的重要一种——互联网来活跃地下派圈子的结果。这里举行过圣诞节聚餐、新年跨年，甚至更有趣的活动：地下布列塔尼晚会、地下万圣节（法国最新节日，地下的环境最适合这个节日）、地下疾跑（以最快的速度从一个地方冲到另一个地方）、地下小册子（组队交换小册子，这种交流方式在巴黎一

① 《他》杂志，1982 年 4 月，文章署名阿德里安·H. 达尔蒙。——原注

② 这个微型宇宙位于地下，因此十分特殊，而且比秘密组织更加“地下”，尽管他们也遵循秘密组织的规则。——原注

直十分盛行），抑或地下老人节（老地下派的聚会）、近郊的地下旧货市场（提供一些和地下活动有关的材料和物品）、地下即兴演奏（音乐节）、地下加拿大日（现场制作烤饼）、地下软垫节（女生们的地下节日，多少带些讽刺的味道，正如这句话所说——即便自己不严肃，也不影响把采石场当作值得尊敬的地方！）、地下妓女节（这个名称就提示了“着装要求”）、地下知识竞猜（基本是历史或知识或谜语，也包括与地下派有关的知识）、地下角色扮演（扮演虚拟人物并按照其特征行动①）等等。还有地下卫生节，正如它的名称所说明的那样，是为了清理采石场内的废弃物和一些粗俗的、不礼貌的游客留下的垃圾。在地上，每逢举办与地下墓穴相关的展览或音乐会，也有一些聚会活动。

2014 年，这里第一次举行了地下 1000 公里比赛，比赛采取收集卡片的形式。这项游戏的卡片被分散在巴黎地下采石场的主要网络系统（南城大网络）内，游戏目标是寻找卡片，跑满 1000 多公里的路程。同年，在“白夜艺术节”（巴黎一项已经组织成熟的活动）举办的同时，人们巧妙利用微型电池，在南城大网络里举办了一个与之相似的、有艺术表演和灯光表演的活动——地下白夜节，其间展示一些当代艺术家的作品。同时，另一个华而不实、极具有争议的活动也被取消了，因为这个活动需要付费，但却是非法的（奖励违背了地下派的规则）：一个由巴黎综合理工学院和许多高校（巴黎高等工业物理化学学院，法国高等科技

① 这还不包括现有的或者正在发展的桌面游戏和电子游戏：Katapoly、RenzoPoly（均为“地产大亨”游戏的变种）、KtaGame（电子游戏）等等。——原注

学院，法国高等电力学院）组织的“地下之夜”，根据项目安排，其中有地下酒吧、地下音乐、地下乒乓球、地下电影、地下模型、地下煎饼、地下探险等活动，甚至还有地下高歌（在地下深处表演的女歌唱家）。

最高端的地下活动是一次具有纪念意义的“地下警察节[①]”，该活动是为庆祝采石场侦查与行动大队让-克洛德·萨拉特警长退休。此后的几天，《解放报》[②] 还报道了这项活动，印证了萨拉特警长当年对大多数地下派精神状态的评价：他们在这个小宇宙里营造出“童子军的氛围”。但是，很明显，互联网的作用仅仅是公布聚会的时间和地点；许多内容较为丰富的有关巴黎地下空间的网站都是地下派们自己制作的。**“6 年前，格林果里是巴黎高等矿业学校的工程师。他是当时有名的地理学家。我甚至找到了他当年运营的网站：地下学家隧道。**[③]”

“这次为干部和领导组织的考察只有一个问题：它是晚上在地下进行的。[④]”集会总是在晚上进行，让人感觉是两次违犯了同一条禁令——1955 年 11 月 2 日颁布的法令禁止在未经允许的情况下进入巴黎地下，而这条法律当然不是只在一天的某个时段有效。应当说，地下既没有白天，也没有夜晚，在那里，黑暗是永恒的，绝对的，彻底的，让人难以忍受。这是一个**“太阳不曾**

① 所有活动都围绕这个这个词的双关意义：“用这种家禽做的菜”或“讲述地下警察故事的小册子”等等。——原注

法语 poulet 一词，既指鸡肉，俚语中也有“警察”之意。——译者注

② 《巴黎腹地的告别会》，2000 年 6 月 13 日星期二（文章和照片署名迪亚娜·朗格吕梅）。——原注

③ 尼古拉·莱贝尔，《疯狂时间》，Marabout 出版社，2013 年。——原注

④ 勒内-维克多·皮耶，《诅咒者》，同前。——原注

升起、黑夜永远延续的世界[①]”。这里没有四季之分。“**现在是夏天……对我们而言，这丝毫不能改变什么：天气不会变热，光线也不会更明亮**[②]”。昼夜并无不同，这里的白天甚至比地上夜晚最黑的时候还要黑暗。这是一个“极度黑暗静谧”的世界：“**我还从未见过如此深沉的黑暗，也从未听到过这样的静谧。声音不复存在，光明也不复存在。**[③]”相反，这是一个温度极其舒适的世界。“**一个假想国，冬暖夏凉！**[④]”但是这里的空气始终潮湿。“**一种湿漉漉的、令人憋闷的气味在空气中飘浮，地上满是小洞和裂缝，里面的死水散发着臭味。**[⑤]”实际上，这水十分清澈，因为没有人去污染它，或者在里面踩上一脚。相反，其他气味在这里也会被加重，如果有喷了香水的人在您之前走进隧道，那么即便过了很久，后面的您也会察觉到这阵气味。

脸书也来为巴黎地下活动添砖加瓦，音乐聚会就是通过这种现代沟通方式轮流举行。这样一来，上百人能够了解活动信息，虽然其中大部分人并不了解真实的巴黎采石场——一个承载历史的地方，因为这里凝结着18世纪末至19世纪初巴黎的记忆碎片。这些初入地下墓穴的人把这里看作一个可以举行大型城市狂欢派对的废墟，这给遗迹保护带来了严重的灾难：地下出现了大量涂鸦，前人在这里留下的脆弱痕迹遭到破坏，垃圾也不断堆积。在这些出格的现象发生之后，人们偶尔还能看到一

---

① 埃尔韦·加莱，《塞纳河上》，同前。——原注
② 瓦西利斯·阿莱克萨基斯，《从前》，同前。——原注
③ 珍妮弗·唐纳利，《革命》，La Martinière出版社，2013年。——原注
④ 康斯坦·盖鲁，《菲菲·沃拉尔的团体》，同前。——原注
⑤ 阿尔努·加洛班，《小侦探》，同前。——原注

只迷路的老鼠进入地下迷宫，寻找意外的食物。自2000年初以来，墙壁上喷漆涂鸦的数量以爆炸式的速度增加。幸运的是，“巴黎地下墓穴”里的部分活动得到了大品牌或者电台的赞助，在远郊的采石场举行。这些通常是废弃的采石场，或者由业主修缮后作为活动场地出租（伊西莱穆利诺、塞纳河畔卡里耶、瓦兹河畔奥维尔等）。他们同样会用丰富而精妙的语言来吸引公众和媒体的注意。

涂鸦最早出现在另一个公众不得不依附的地下网络里，并且，这个网络还是花钱建造的（地铁！）。在涂鸦出现之前，人们在十字路口绘制箭头标志，再根据地名，用刷子画上名字或图案。不过，这些标记并非都是那些到此一游（例如来参加一个晚会）的人画上去的——他们可能会找“借口”说他们不了解此地的历史意义。一些为了定位而画上的标记已经在采石场监管组织的支持下由官方人员或公共工程机构喷涂颜料遮盖，然而隧道管理部门本应作出表率。

相反，一些人试图进行绘画或雕刻创作，甚至是马赛克镶嵌作品。这些画“**占据了两平方米以上的平坦墙壁，可能需要长达几天几夜耐心、细致的工作才能完成**[①]”。但它们同样也遭到了破坏。2010年完成的壁画《死人之岛》是最新的几幅作品之一，高3.5米，位于华盛顿的美国国家公共广播电台对其进行了报道

① 皮埃尔·吕卡斯，《沉没》，Vauvenargues出版社/Gérard de Villiers出版社，2004年。——原注

（雅基·莱登是此事的特约记者），《国家地理》杂志在当地利用两个月的时间进行采访和拍摄，撰写专题文章。同时，巴黎国立高等美术学院一名学生仿作的《泉》（原作安格尔）甚至被收录在卢浮宫绘画部顾问迪米特里·萨蒙主编的《安格尔与现代艺术》目录中[①]。此外，日本放送协会还前往名为“海滩”的地下墓穴厅，对一幅葛饰北斋《富岳三十六景》中著名的海啸图的复制品进行了拍摄，放进一部聚焦这位日本绘画大师后代的纪录片中。

一些地方还出现了雕塑。虽然这是近期才有的现象，但要制

① 这部作品由 Somogy éditions d'Art 出版社出版（2008 年 12 月），收录了受到安格尔作品启发的艺术作品。——原注

作雕塑也必须学会使用雕刻石头的工具[①]。**“有人用土做了一个小城堡，中间是一个死人的头颅，而城堞上则是怪物史瑞克的形象。[②]”**不过，在地下随便走一走，也会发现一些小的石雕头像，这无疑是19世纪采石场监管组织的工人用凿子刻出来的物件。

无论什么时候，人们总希望“人过留名”，幸运的是并非所有人都是这样。正因如此，我们可以辨别出自从地下隧道网络诞生以来进入过地下采石场的人。这些人之所以来到这里，并非是职业原因，有时是学校的课程要求（比如曾经的巴黎高等矿业学院、巴黎中央理工学院、国立高等测绘工程学院的学生）。但是，这种绘画如今随处可见，令人反感，破坏了从前的地下派留下的神秘的痕迹。这些地下派都是各自领域的知名人士：戏剧演员约瑟夫·塔尔马、亨利·普安卡雷（数学家、物理学家、哲学家）、亨利·勒夏特列（化学家）、阿道夫·卡尔诺（化学家）、埃米尔·努吉耶（参与铁塔建造的三个工程师之一，铁塔的名称最终取自于其中一位工程师——古斯塔夫·埃菲尔）、勒内·泽耶（著名古生物学者）、路易·德·劳内（1900世界博览会两个地下部分展览的组织者）和阿尔曼·维雷等。

在20世纪60和70年代，许多地下派都有采石场的钥匙，这些都是容易得到的备份钥匙，或者是单纯人工仿造的假钥匙。1979年6月22日，巴黎综合理工学院的一名学生组织了一次穿

---

① “地下墓室”的彩色玻璃窗和蔷薇花饰由巴黎圣朗贝石刻学校的学生于1993年制作。该校致力于培养未来的历史古迹保护人才。——原注

② 埃莉斯·丰特纳耶，《班克斯和我》，同前。——原注

越蒙苏里公园—波拿巴路的活动，他在《巴黎旧采石场》一文里写下了一则十分严肃的公告：“**数据显示，在一所工程师院校里至少有两人会撬锁。有意者请关注后续文章。**[①]”……如今，除了锁匠学徒之外，地下派还掌握了各行各业的技能。例如，一些人还考虑在路灯上安装非法线路，或者通过技术隧道来为他们想要照亮的地方通电，以便在那里举办晚会。但是，早在 20 世纪 60 年代，类似的集会就已经以一种相对人工的方式存在了，但同样也召集了几百名参与者；相反，当时的组织者更懂得谨慎保密，聚会的人群离开后没有留下任何痕迹。80 年代，例如在“海滩”地下墓穴厅，“**在一个黑暗的厅室里，许多颗小蜡烛的火苗摇摇晃晃**”。人们经常能遇见“老鼠队”的成员丹，“**他蹲在打击乐器前……机械地敲打着绷直的鼓面**[②]”，手鼓跳跃的旋律回响在墓厅里。

矿业学院和其他高校学生们并不是唯一被巴黎采石场和地下墓穴吸引的人。第二次世界大战之后，加入地下派的还有童子军[③]、医院实习生、药学专业学生（从医院可以直接进入采石场，这或许是一种不幸，但对于这些学生而言反而是幸运）、预科学校学生、“**大学生，尤其是巴黎国立高等美术学院的学生**[④]”，还有其他文学和艺术领域的人，以及一些信息院校的学生（地下网

---

① 《五个同辈的回声》，第 22 期（1979 年 5—6 月刊），“地下巴黎”分册，第 14—15 页。——原注

② 娜塔莉·鲁耶，《巴黎的黑魔法》，Rebelyne 出版社，2012 年。——原注

③ 由于生活贫困，各种限制仍未解除，德占时期结束之后的出行方式仍然十分有限。痴迷于洞穴学的巴黎人找到了这种地下替代方式，出门时就带上他们的擦鞋垫（喀斯特地貌专家布里吉特·肖皮-莱热临终前的私人采访）。——原注

④ 让-皮埃尔·奥特，《重拾的欲望之谜》，Julliard 出版社，2012 年。——原注

络让他们想起电子游戏的鼻祖《毁灭战士》）……当然，还有巴黎的洞穴学者。当时，每个人都相信自己拥有特权，想不到别的"小团体"也会踏足这些不为人知的地方，以至于当隧道另一端偶尔出现光亮，人们只会以为是警察来了，而且不知道是什么原因。由于害怕羊入虎口，没人会想朝着光源走去，向对方打个招呼。"**我们决定这样做。私人参观，只有我们自己**（……）**我们知道会有那么一天，**"他又说道，"**会有人泄露秘密，事情就是这样的。地下派的非法小圈子已经两年没有走漏任何风声了，这已经足够令人惊讶，但好景不会长久。**[①]"

距离现在更近一些，1988 年 3 月 1 日，影视导演沃纳·赫尔佐格就偷偷参观了南城大网络。后来，在 1989 年，"**4 月 12 日，我和菲利普·珀蒂**（钢丝艺术家）**一起，带歌手斯汀参观了地下墓穴**[②]"。的确，"**4 月 12 日，我的朋友斯汀在巴黎。我带他到地下墓穴进行了一次原始的参观**[③]"。

---

① 皮埃尔·吕卡斯，《沉没》，同前。——原注

② 热罗姆·梅纳热，《我的白色人生》，Le Voyageur 出版社，2010 年。——原注

③ 菲利普·佩蒂，《走钢丝的人》，Albin Michel 出版社，1991 年。——原注

地下墓穴中的无罪者：忏悔之路

“我们身处巴黎古老公墓的附属结构，即地下墓穴中。亡人之城在光明之城脚下蛰伏。[①]”

公共卫生问题

与城市土地稳固性问题相伴的另一个问题已经威胁到公共安全，亟待解决，那就是由于圣无罪者公墓[②]已经饱和而产生的卫生隐患。这个问题最初危害最大，因为很容易被忽视。这座公墓以前的位置大致在今天的雷阿勒市场附近。

---

① 克雷格·麦克唐纳，《杀人的句子》，Belfond 出版社，2012 年。——原注

② 塞琳娜·尼德勒的第一部小说《无罪者的宽恕》描写的就是无罪者公墓。她续写了罗斯蒙德·皮若勒的素材，后者有关这一主题的电子稿始终没有出版。——原注

这片埋葬死者的土地曾接收巴黎22个教区死者的遗体[①]，以及主宫医院太平间的尸体和太平间外众多死去的人。不要忘记，这里起初被当作等死的地方，“**去医院就相当于走向死亡**[②]”。仿佛是还嫌不够一样，圣无罪者公墓也接收路上的无名死者。“**对于其他人，那些无名者和无家可归的人，圣卡特琳娜的护士姑娘们也为他们祈祷，并且在基督教徒的圣无罪者公墓为他们找到一块墓地。**[③]”

当这片土地上已经堆满正在腐烂的尸体，那些埋在独立墓葬或公共墓穴中的骸骨就被公然以装饰性的方式放在了简陋的屋子里。但是，新近掩埋的尸体还没有完全腐化成泥土，因此便散发出有害的气体。公墓附近的居民最先遭受到污染的影响，尤其是居住在圣无罪者公墓旁边的人：“**几乎所有教堂里都能闻见尸体的气味；（……）坟墓的味道一直毒害着这里的信徒们。**[④]”所以，当时的教堂里大量焚香也就不足为奇，但香的气味仍然掩盖不住这股恶臭和其他有毒气体的味道。

因此，1793年7月17日，民众发起请愿，要求将主教城公墓（埋葬路易十六和玛丽·安托瓦内特的公墓）另迁新址，因为“**尸体腐臭的气味令附近居民难以忍受，对整个巴黎都十分危险**[⑤]”。

---

① 1572年，这里也埋葬了在圣巴托洛缪大屠杀中牺牲的新教徒。——原注

② 儒勒·勒尔米纳，《巴黎之狼》，同前。——原注

③ 法布里安·费雷尔，《因为日子就这样到来》（吉尔·巴约纳调查），Denoël出版社，2009年。——原注

④ 路易-塞巴斯蒂安·梅西埃，《巴黎的画卷》，同前。“污浊的空气”一章。——原注

⑤ 《巴黎地下墓穴，或在地下墓穴入口处修建丧葬礼拜堂计划》（保罗·法西撰），1862年；阿尔西德·德·博谢纳在《路易十六之妹伊丽莎白夫人的一生》（1869年）中再次引用。——原注

当无罪者们焕发生机

让我们回到圣无罪者公墓。“**在费罗内里路和圣德尼路交口，**（巴约纳）**从圣无罪者公墓围墙的门下钻了进去，在闲逛的路人和小商贩间穿梭，从公墓的一角穿到另一角。他发现了公共墓穴前的那个人……**[①]”他是最后一名正式掘墓人，名叫弗朗索瓦·普兰，在30年的工作中埋葬了大约9万具尸体。这座公墓的土地因其能在短时间内分解尸体而出名，无须多言；它是“**有利于尸体腐化的最佳‘肌体吞食者’**[②]”。

巴黎主宫医院不散发恶臭才怪：空气潮湿且通风不畅；伤口在这里很容易坏疽，只要患者在此稍住几天，坏血病和疥疮就可能找上门来。病情轻微的患者不可避免地接触了这里的空气，就会患上严重的并发症；也正因如此，在这所医院里，头部或腿上简单的伤口都会致命。我所作的工作就是最好的证明：我一直在统计每年有多少不幸患者的尸体在巴黎主宫医院和比塞特尔腐烂，结论是，这里每年有五分之一的患者死去；多么可怕的数字，而人们竟然如此无动于衷！

——路易-塞巴斯蒂安·梅西埃，《巴黎的画卷》，1781—1788年

---

① 法布里安·费雷尔，《因为日子就这样到来》，同前。——原注

② 弗朗索瓦丝·阿梅尔，《黑暗皇后：邻居，伟大时代的连环杀手》，Plon出版社，2003年。——原注

这是存在于生者城市中真正的死人之城，因为这座公墓在当时不仅仅是下葬的地方；白天，这里有一批闲逛的大众作家，有照看“生意”的妓女，还有临时搭建起的集市。万圣节时，人们还在这里举行宴会，一起跳舞。正如巨人庞大固埃注意到的：**“巴黎是一个适合生活的城市，但不要在这里死去。因为圣无罪者公墓的穷苦人们烧死者的骨头给屁股取暖。**[①]”

所以，这座公墓在当时十分热闹，是巴黎人生活中真正的“暖炉”，或者说是炉膛，让人联想到火苗跳动时发出的毕毕剥剥的声响。在这里，生与死大方地结合在一起，这种结合更多地表现在蹦蹦跳跳的欢快舞蹈中，而不仅仅是在死亡之舞的壁画里。圣无罪者中央公墓遭到破坏后，这幅 15 世纪的著名壁画《死亡之舞》也没能幸免。画中，30 具骷髅和 30 个人手拉手围成一圈，群魔狂舞。旁边写着几句谚语，其中一些流传至今：**“有我母亲的真理：‘付出终有回报’，有我父亲的真理：‘贪多嚼不烂’，还有我的真理：‘小雨能化狂风’。**[②]”

尽管圣无罪者公墓总是人来人往，但它很久以来也是人们抱怨的对象。就连伏尔泰都不堪其扰：**“走过那座名叫圣无罪者的停尸场，这一大片地方瘟疫肆虐；患了传染病而死去的可怜人被草草掩埋；常有恶狗来啃食尸体；这里散发着一股浓浓的腐尸恶臭，在夏日雨后的高温里滋生瘟疫。然而，在离这条街不远的地方，就是歌剧院、王宫，以及国王所在的卢浮宫。人们**

① 弗朗索瓦·拉伯雷，《巨人传》，全名《巨人高康大之子，渴人国国王庞大固埃及其惊人的英勇事迹》，约 1532 年。——原注

② 弗朗索瓦丝·阿梅尔，《黑暗皇后》，同前。——原注

把生活垃圾运到城市的某一角落，而在同一座城市里掩埋生产过这些垃圾的、如今已腐烂的躯体，此种情形已经持续了整整1200年。[①]”

直到18世纪末至19世纪初，在一场声势浩大的卫生治理行动推动下，这些公墓才被移到巴黎的城墙之外。1776年3月10日，国王下令清除教堂附近的城市公墓，并禁止在城郊设立新公墓。于是，城墙之外依次出现了东公墓（1804年，又名拉雪兹神父公墓）、南公墓（1824年，蒙帕纳斯公墓）和北公墓（1825年，蒙马特公墓）。1860年1月1日，周边城镇并入巴黎时，这三座城外公墓才被纳入首都的管辖范围，真正成为巴黎人的公墓。

圣无罪者公墓的死者侵扰生者

长期以来，公墓散发出的尸臭味已经令周边居民十分恼怒：面包变质，葡萄酒变酸，手不小心碰到地下室的墙壁须马上用大量清水冲洗，否则可能产生脓肿或其他皮肤坏死情况。“**冒险走进附近一个酒窖的箍桶匠们出现了奇怪的症状：发抖、眩晕、呼吸困难。**[②]”坟墓里散发出的还不仅仅是难闻的气味：“**死人的灵魂伴着一股臭烟钻出来。**[③]”1779年末，一座埋葬了超过2000具尸体的公墓被打开；几个月之后，1780年2月，朗日里路上一座

① 伏尔泰，《哲学辞典》（1764年），词条“埋葬”。——原注

② 让-弗朗索瓦·帕罗，《萨尔丁的荣誉》（尼古拉·勒弗洛克的调查），Jean-Claude Lattès出版社，2010年。——原注

③ 弗朗索瓦兹·阿梅尔，《黑暗皇后》，同前。——原注

酒窖与公墓之间的界墙在尸骨的重压下开裂。我们很容易想象这样的场景：有人本想来找一瓶普通的酒，或是寻一瓶好酒，却没有看到整齐排列的酒瓶，取而代之的是从界墙溢出来的成堆骸骨，此时的他该有多么惊诧。

直到 1780 年，在民众的第无数次抗议之后（也是最后一次），警察局长勒努瓦终于意识到，死亡已经严重威胁市民的生命，这才禁止下葬，清理出圣无罪者公墓的骸骨，将巴黎城外蒙鲁日镇蒙苏里平原的旧采石场选为安放这些骸骨的理想场所。“蒙鲁日地下墓穴”的称呼就此产生，还有人在得知蒙苏里这片绿地下方正是地下墓穴后，就分不清蒙苏里公园和地下墓穴的区别，然而这些名称本应该是同义词。应当记住的更准确的名称是圣若望拉特朗，这块土地在过去是专门用来埋葬死者的。

勒努瓦的继任者——1785 年至 1789 年在任的巴黎警察局长蒂鲁·德·考斯内延续了这一思路，命令首位“**巴黎及周边平原地下采石场总监管官**”夏尔-阿克塞尔·吉约莫整饬这片土地，后者在那时已经采取措施，使得巴黎免遭陷落的命运，当时人们对此十分担忧。考斯内还要求将原公墓所在的位置改造为花草和蔬菜市场（行政法院 1785 年 11 月 9 日法令）。

清空公墓以填满采石场

为了不让民众恐慌，骸骨迁移始终在傍晚时分进行；1785 年开始，人们往成队的马车上装沉重的尸体，给尸体盖上黑布，身穿祭袍、肩披圣带的神父走在队伍前方，为死者诵经，有人手持火炬跟在后面。骸骨通过一口井被倒入市藏骨堂，**“地下墓穴的洞口，在伊苏瓦尔墓路的尽头**[①]”。这里最初叫作“伊兹瓦尔墓堂[②]”，属于圣若望拉特朗，**“位于蒙苏里平原在旧时被称为‘凹陷路’的奥尔良路上**[③]”。

圣无罪者公墓最具标志性的建筑物也被安置在藏骨堂里。然而，到了大革命期间，在这块被当作“国有资产”出售的土地上，所有建筑物都被拆除，破坏，熔化或者再利用……只有尼古拉·埃内坎墓上的方尖碑柱幸免于难，它被摩纳哥公主取走，运到了瓦兹省贝斯，竖在她城堡的公园里[④]。

圣无罪者公墓的第一次骸骨迁移持续了15个月（夏季炎热时一度中断）；此后，从1792年到1814年，巴黎的另外17座公墓相继被拆除。20世纪70年代（即将近百年之后），在对原圣无罪者公墓附近的雷阿勒市场进行整修的过程中，还能发现遗留的骸骨。为了在此建造一座现代的购物天堂，生者继续驱逐死者的尸骨。这仅仅是延续了70年前的情况——那时，法国的土地上第一次大范围掘地施工，挖出遗骨司空见惯。

在实施迁移工程的最初几年里，被移出后从专用副井里扔下去的尸骨仅仅是被埋在采石场里，按照来源归类，通过一块记录迁移时间和原所在公墓的铭牌进行区分。1786年4月7日，这里

---

① 康斯坦·盖鲁，《菲菲·沃拉尔的团体》，同前。——原注

② 有 Isoire 和 Isouard 两种写法。——译者注

③ 埃利卡·德图里，《巴黎地下墓穴概述》，同前。——原注

④ 克吕尼博物馆里还藏有圣无罪者公墓和教堂遗留下的部分墓板，卢浮宫藏有杰出的雕像“圣无罪者之死”，圣列伊圣吉尔教堂存有一块大理石装饰屏，圣尼古拉杜夏多奈教堂还存有一架管风琴。也不要忘记经过几次改造的喷泉，以及费罗内里路上支撑着乱葬坑的拱形建筑。——原注

举行了一场盛大的宗教祝圣仪式，莫特雷、马耶和阿瑟利纳教士等神职人员参加，此外还有建筑师勒格朗和莫利诺斯，以及采石场总监管官夏尔-阿克塞尔·吉约莫。

最初，许多达官显贵都有幸参观了这座“二手”地下墓穴：1787 年，阿图瓦公爵——日后的查理十世来此参观；第二年，波利尼亚克夫人和吉什夫人到访。然而，当时此地并非为旅游所建，而仅仅是一座大型地下仓库。后来，地下墓穴对公众开放，世界上其他重要人物也来游览“**巴黎地下墓穴，世界上最大的墓葬，面积约 1.1 万平方米。**（此后，）**1860 年，拿破仑三世携其子到此参观。此时正是他要求奥斯曼重新规划巴黎并安装污水系统的时期**[①]”。

直到地下墓穴向公众开放，人们才将这里的骸骨得体地排列，并增加了环境装饰。

① 尼古拉·莱贝尔，《疯狂时间》，同前。——原注

地下墓穴藏骨堂：地下圣杯

丹费尔广场：地面上最后的闪光

地下墓穴博物馆如今是巴黎的 14 座博物馆之一，等待进入的参观者经常在外面排成长龙，队伍能绕丹费尔-罗什洛广场（原名“炼狱广场”）整整一周：这一圈活着的人想要一睹“死神之舞”的真容。亨利·罗尔-唐吉大街将广场一分为二。为纪念这位曾在入市税关卡西楼的地下防空洞指挥巴黎起义的上校，这条街遂以他的名字命名。1944 年 8 月 19 日至 25 日，他在被动防御工事里指挥了街上最后的战斗，这座工事是由采石场改建而成，当时已归城市水利局管辖——后来产生了一种简略的说法：巴黎的解放是从地下墓穴中得来的，防空洞紧挨着藏骨堂……当然，其实还是有一段距离。

要找到地下墓穴博物馆的入口还是比较容易的：从地铁站出来，只需走向或长或短的参观者队伍（夏天的等待时间甚至可达3个小时），忍一会儿炎热或者恶劣的天气，就可以走进这个亡灵的地下王国了。一般来说，人们选择来此探险，就不会半途而废。很多（也许是非常多的）人随意地跨过一道深绿色的大门，如果不是上面挂着牌子，没有人会意识到入口已经近在眼前。**“广场另一侧有一座黑色门面的低矮建筑。正门的上方用白色的字写着：‘地下墓穴入口’。**①”

“我在东方咖啡馆门前叫住了拉杜卡，我们在露台上坐下，从这里能看到贝尔福雄狮和地下墓穴的入口。②” 这座铜狮是贝尔福那座雕塑的复制品，大小为原作的三分之一，是为纪念皮埃尔·菲利普·丹费尔-罗什洛上校的英勇抵抗而竖立的。他为色当战役后一败涂地的法国挽回了尊严，也使得贝尔福脱离由德国掌控的阿尔萨斯，重新回到法兰西的怀抱。这座雕像于1880年落成，狮头朝向西方，以免冒犯到我们的近邻——德国。人们原本打算把它安放在比“帕纳斯山”③ 更高的地方：肖蒙山丘！

大多数参观者不知道这座雕像的来历，便把这个视觉参照物——广场上的地标性建筑——自然而然地当作镇墓狮，以为它

---

① 里克·里奥丹，《39 把钥匙》，第一章“地下墓穴之谜”，Bayard jeunesse 出版社，2011 年。——原注

② 雷奥·马勒，《蒙苏里的老鼠》，同前。——原注

③ 即蒙帕纳斯高地（Montparnasse），该地名在法语中原为“帕纳斯山”（Mont Parnasse）。——译者注

守卫着通向地下墓穴的入口，就像许多人眼中神秘的斯芬克斯一样。

“陈旧的木制柜台前，右侧（岔路上的）**墙上绘有地下墓穴地图**[①]”，走过这里之后，众多新来的俄耳甫斯[②]手里拿着他们用叮当响的零钱换来的“芝麻开门”入场券，走下丹费尔关卡西楼中庭尽头的螺旋石阶。这里是博物馆最初的入口，后来，东塔楼又开放了混凝土筑成的新入口。符合安全标准的现代台阶建于1980年代初期，至今仍在使用，尽管原先吉约莫时代的台阶也应当重新整修利用起来；这正是迁至“罗尔-唐吉”防空洞上方的巴黎解放博物馆改建规划的一部分，该馆原先坐落于蒙帕纳斯火车站上方，下面就是火车轨道。

原始入口位于广场另一侧，建于1799年，至今依然存在，不过顶上加盖了混凝土板。从19世纪直至上世纪80年代初，为我们讲述那些地下旅程的文学家们就是取道此处进入地下墓穴，甚至此后还有不了解新情况的作家找到这里。这个入口被描述为“**通往城市公墓的91级螺旋台阶**[③]”。如今，参观者要走下131级台阶——而非91级——才能进入这座真正的巴黎 Necropolis[④] 寻找地下探秘的乐趣。

① 大卫·埃莫顿，《最后的洪水》，Albin Michel 出版社，2014年。——原注
② 希腊神话人物，为救死去的妻子，舍身进入地府面见冥王哈迪斯。——译者注
③ 贝尔纳·朗特里克，《鼠国》，Plon 出版社，1997年。——原注
④ 拉丁文，意为“大型公墓”。——译者注

当生者涌进死亡之城

“地下墓穴的入口在这里。（……）一扇陈旧的门，锈迹斑斑，通向那里。地狱。[①]”

今天，那座曾经关着吉约莫时代台阶的门上并无特殊装饰，两扇门之间只有一道细雕花边。访客须手持蜡烛进入地下，蜡烛在博物馆有售，并配有防护部件，以免融化的蜡滴落在手上。**“我们踩着淤泥，深一脚浅一脚，小心翼翼地走下去，手里拿着蜡烛，这狭窄的91级螺旋台阶突然变成一道细长的、无尽的走廊，我们必须排着队鱼贯而入。”**1937年——世界博览会那一年，雷昂-保罗·法尔各如是写道[②]。那时，地下墓穴的冬季开放时间较夏季更少：从10月到次年6月，只有每月的第一个和第三个周六开放参观，而7月到10月则是每周六均可参观。

这个景点自从面向公众开放以来，就必须不断满足参观者的需求，为此，开放日一直在增加，时间也不断延长。不过，如今地下墓穴的开放时长已经达到极限，如果继续延长则会破坏地下生态系统的平衡；早在1995年，安装地下空调系统就已经迫在眉睫。地下墓穴藏骨堂有患上拉斯科洞窟[③]综合征的危险（假若还没发生过的话），而国际社会对此无动于衷。**“借着隧道里微弱的**

① 保罗·居特，《天真巴黎》，Grasset出版社，1962年。——原注

② 雷昂-保罗·法尔各，《我的旧时巴黎：地下墓穴》，载《这样》，1937年7月23日。——原注

③ 位于法国多尔多涅省的一座旧石器时代洞窟，洞中壁画精美，距今已有1.5万年。2001年和2008年，壁画上曾两次出现菌斑，破坏了壁画的原貌。——译者注

光亮，我们能看到一串头骨上已经长出薄薄一层暗绿色的霉菌。[①]”

1863 年的《若安纳指南》记载，当时地下墓穴每年只开放三四次，参观者须到市政厅向地下墓穴管理部门提出申请（和参观下水道相同）。然而，在藏骨堂开放之初（19 世纪初），似乎也可通过特殊申请来一睹这里的真容。那时的开放日期有限，每次只能容几百人进入：“**一年四次，**（……）**在午夜时分，您可以参加一场十分另类的约会，这个约会通常是在几个月前确定，参加者有四五百人之多。**”纳达尔如是描述[②]。

1867 年，世界博览会在巴黎举办，原先的开放时间由每季度一次变成每月一次，在整个博览会期间增加至每周一次。从 1874 年起，则改为每月两次：每月第一和第三个周六开放，夏季每周六均开放。在此后所有世博会期间，面对 19 世纪时大量慕名而来的访客[③]，地下墓穴改为每周六开放。1889 年，共计 20003 人参观了地下墓穴，1900 年 18463 人，而在不举办世博会的年份，这里平均每年接待访客 1 万人。1930 年至 1950 年期间，在每年 100 多天的开放日中，参观者数量回落至 6000 至 7000 人（1933 年 7087 人；1936 年 6644 人；1947 年 6134 人），在德占时期，这里曾关闭了一段时间。与之相比，到了 2014 年，参观者有 34 万之多……

---

① 泰丝·格里森，《命运的关联》，Presse de la Cité 出版社，2008 年。——原注

② 《生活》，纳达尔为《巴黎指南：法国重要作家、艺术家笔下的巴黎》所撰文章，同前。——原注

③ 不要忘记，1900 年世博会接纳了来自世界五大洲的将近 5200 万名游客，而那个时代的公共交通建设才刚刚起步……并且只有陆上和海上交通。——原注

死亡唤起享受生活之欲

无论埃利卡·德图里的动机如何，公众都是受了他的启发，开始“带着适度的谨慎”参观这座墓堂。“**人们几乎是自愿走进采石场；或是三五成群，或是独自一人在地下漫步；但得承认，也发生了一些越矩行为**[①]”，导致有几年地下墓穴一度关闭。

各种不文明行为是这里禁止参观的原因：破坏原貌，走错路线，高声喧闹，还有其他一些问题，诸如与性有关的游戏。隧道里的阴暗湿冷有时会为身体接触创造绝佳条件，更重要的是，在永恒的爱欲与死欲二元论中，后者在一定程度上推动了前者。“**在绝对的黑暗中，艾连娜·马尔姆塞立刻发现了自己的魅力所在：几双手爱抚着她的身体，在她身上逡巡良久。这是一个生气蓬勃、活力四射的姑娘，欲望高涨，也懂得如何巧妙地满足自己。所以，那个学生抚摸着她光裸的臀部，英国人在她的胸脯甚至下身流连忘返。他第一个冒险‘进攻’，一而再，再而三……满脸痘的年轻人还不太明白身边这起起伏伏究竟是怎么回事，但他还是等待着，心想他们肯定会给他留下点儿什么。果不其然，当一切风平浪静的时候，一个声音在他耳边响起：‘再来……占有我的全部吧……’他照做了。第二次。第三次。他正值微笑着做这些事的年纪。**[②]”

---

① 《巴黎地下墓穴和罗马地下墓穴概述：蒙马特山和瓦勒里安山》，L. F. 伊韦尔，A. Hivert Libraire 出版社，1860 年。——原注

② 《双重婚姻》，Prima 出版社于 1926 年出版的色情小说（“高卢女人”系列）。作者署名为吕克·多尔桑，但此笔名的真实拥有者可能是乔治·西默农。——原注

距现在更近的时候，20 世纪 80 年代初，另一部小说也将巴黎地下墓穴作为许多风流艳情的点缀。《地下墓穴公主》刚好出现于媒体开始对巴黎地下世界感兴趣的阶段，这种兴趣至今仍未完全消退。这里发生过“**一个滑稽的、带有情色意味的捉迷藏游戏，这些亡灵都是见证者。这个年轻的里昂女孩已经情难自禁。所有这些无名的骸骨对她而言都是一剂强烈的春药**[①]”。出于得体性的考虑，我们不能过多展开，否则将从肉体之欲迅速滑向色情的范畴。有关巴黎地下空间的具体描写，这位“情欲公主”的作者也进行了详尽的文献查证。

地下墓穴藏骨堂（以及巴黎其他的采石场）的用途发生不当的改变，这当然不完全是空想；毕竟，无风不起浪！

我们所得知的 19 世纪时发生在这里的不妥现象，往往表现在对此地缺乏尊重的态度，或是一些龌龊行为。“**他在四五个人当中，气氛欢快，其中一个人拿着一瓶喝光了的白兰地。这些人似乎对这种生与死的反差十分满意。**[②]”

在第二次世界大战之前，经常能遇到类似态度的参观者。正如雷昂-保罗·法尔各在今天已经消失的周刊《这样》中所记述：“**几天前，我重新开始了地心之旅。我按照常规，拿着一支蜡烛，有幸跟随了一场‘闲游’婚礼，这是婚宴结束后一场别开生面的娱乐活动，是与死亡相伴的独特乐趣**（……）。**热闹的队伍似乎侵犯了此地神圣肃穆的氛围。人群中有一位村子里的学究，他负责给周围的人指点迷津，帮他们作出决断。**[③]”

---

① 这部小说属于 1982 年“上流社会”系列，热拉尔·德维利耶著。——原注

② 《巴黎地下墓穴和罗马地下墓穴概述》，同前。——原注

③ 《这样》，1937 年 7 月 23 日。——原注

申请参观的人数始终十分可观。这是因为，在19世纪30年代，地下墓穴曾出于伦理考虑而关闭，两年后，蒙鲁日镇长向当时的巴黎市长朗比托提交了重新开放的请求，然而未获批准。他这样回复一次新的请愿：“**我认为把骸骨以一种完全不妥当的几何形状堆积展示是一种亵渎，为好奇的公众提供这样的展览或许有悖伦常，并非一个文明的民族所为。**”直到许多年之后，团体参观才重新得到许可，但一年中只限4次。

不过，任何规则都有人违反。1835年，弗雷德里克·加亚尔代在《家庭博物馆》[①] 中指出，参观中断的时间将近10年……除

① 6月刊，第38期（第二卷，第三年，第297—301页）。——原注

获得“极少数郑重许可”的人之外。该杂志的文章作者就获得了这项特殊许可。大仲马在《巴黎的莫希干人》中也描写了这样一次参观：“**今天，1853年10月12日，下午1点，我们出发去炼狱广场城栅，近日来天气晴好，今天也不例外。**”但在描写藏骨堂时，他从埃利卡·德图里的《巴黎地下墓穴概述》中汲取了大量“灵感”。

不久之后，巴黎被德军占领，地下墓穴的开放再次中断了几年。1942年的《上流社会人名录》明文写着，地下墓穴参观被“**暂时中止**”……但人们可以在这座博物馆里发现一些这一时期的德国涂鸦。在此之后，其他长期封闭的情况仅仅是技术原因造成：安装电路、空调、安全指示灯、电路板，或许还有上方饮用水系统漏水导致大量下渗等等。

路线：迂回曲折之途

在到达真正的藏骨堂之前，参观者要先经过一段500米长的单向隧道，这是一段必经之路，但却显得捉摸不定。今天，人们已经不像过去那样可以绕过它，因为周围的隧道都被几米厚的土填实，封堵了通往藏骨堂的其他路线，这是为防止现在的人们建造新的入口台阶所采取的措施。同样，在过去，为防止参观者迷路甚至误入通往藏骨堂的路线周边的其他隧道，人们也会用沥青在正确隧道的顶板上画了一条黑线。设置这个路标或许令人惊讶，但不要忘记，直到这里安装照明电路（20世纪70年代）之前，参观者都是用烛台或者蜡烛照明，而这种明火能照亮的更多是上方的空间，却在脚下投下阴影，周围也多为死角。有两段路线参观者必须小心谨慎地走，以免长时间失散，一段是连接入口台阶底部和藏骨堂入口的路，另一段是从藏骨堂出口到上行台阶底部的路；这条阿里阿德涅之线指引着参观者的必经之路。

在这两段路线之间，在被两堵墙和“小栅栏”[①] 围起的藏骨堂内部，参观者可以自由行走。只有两边的路段和藏骨堂的其他隧道有顶部引导线，毕竟，对于普通游客而言，走在巴黎 terra incognita[②] 的采石场里无异于在迷宫中穿行。“**在这座大大小小的隧道纵横交叉的迷宫里，如果一个游客在没有向导的情况下晕头转向地走了二三十步，他能认路就是个奇迹。**[③]”至于等待着一个迷路的参观者的究竟是什么，个中细节就不消赘述了。“**走出许可路线之外的人很可能永远与死者为伴。**[④]”米歇尔·布罗多这样警告我们。

不过，在这个所有可能的世界中最好的世界里，一切都为最好而生[⑤]。只需要踩着前辈的脚印前行。“**我们跟随隧道上方石灰岩顶板上的黑线前进。在连接了地下八九个地点的错综复杂的隧道里，这条线是指引方向的路标。**[⑥]”如同在地面上的路口，参观者可以沿着关键地点、岔路口和转弯处刻画或放置

---

① 正如电影《洞群》中拉拉特警长（米歇尔·加拉布吕饰）形容的那样：“那么两边的小栅栏呢？（……）看哪，这儿有个开着的！”

② 拉丁文，意为“地心”。——译者注

③ 奥克塔夫·拉克罗瓦描述的 1854 年 4 月 10 日星期一的“一次巴黎地下墓穴之旅”，载 1855 年《法兰西杂志》（第一年，第一卷）。

④ 米歇尔·布罗多，《沃拉斯卡》，Seuil 出版社，1977 年。

⑤ 此处引用的是伏尔泰在《老实人》中对莱布尼茨的观点“现存的世界是所有可能的世界中最好的一个”的讽刺说法。——译者注

⑥ 乔治·桑，《地下墓穴一游》，载《两个世界杂志》，1868 年。——原注

的指示标志来走。“**墙上偶尔有写着路名的铭牌。蒙苏里大街、伊苏瓦尔墓路、无罪者路口……**[①]”，如果没有最后这块铭牌，会导致（采石场内的）路牌和另一块标示骸骨来源的牌子混淆！

效仿巴利阿里群岛[②]的地下港口

“**来到台阶下面，他走进勒内-科蒂大街下的隧道，向藏骨堂走去。**[③]”从前，沿着这条路前行，在进入藏骨堂之前，还有可能参观马翁港，这是一座1492年开采的有环形柱支撑的采石场，保留了开采后的原貌。如今马翁港已经不能进入，1994年1月4日，这里被列为历史建筑，名为“马翁港路采石场”（公布于1994年1月10日星期一和11日星期二的《政府公报》）。就在它旁边，“**在墙内的一个洞穴里，岩壁上雕刻有一座微型城堡，垛墙、塔楼、门窗、垛口、台阶和坡道，以及大门上雄伟的三角门楣都刻得一清二楚。城堡宽约两米，高一米左右**[④]”。

来到那个名叫德库尔的人用剪刀和其他工具雕刻出的这座城堡前，就到了离“马翁港”最近的地方。“**这次，我决心踏上通往藏骨堂的路，走过这些胫骨和头骨堆成的走廊，走过那些有关死亡和遗忘的拉丁文句子，走过地下的泉水，甚至走过建筑爱好者一时兴起建造的模型（马翁港，一个工人空虚无聊时在墙壁上**

---

① 莫德·塔巴奇尼克，《某处死亡》，同前。——原注

② 地中海西部群岛，隶属西班牙。马翁是其中梅诺卡岛的首府，为天然良港。——译者注

③ 弗雷德·桑如，《深渊中的流浪汉》，Bénévent出版社，2006年。——原注

④ 让-皮埃尔·科尔洛克，《影子的伙伴》，同前。——原注

雕刻的东西）。”米歇尔·布罗多似乎很不情愿地说道[①]。

然后，我们走上下面这层台阶，这里就是德库尔——又叫作博塞朱尔——一人独处的地方，直到一次顶板崩塌夺走了他的生命；尽管这些雕刻是他闲暇时间所作，而非他的雇主——采石场监管组织的要求，但后者还是出于善意给了他守寡的妻子一笔补偿金。

随后，我们走过一口水井，这口井可以被看作是地质钻探井的前身：“采石工人的洗脚池”，“**一道旋转楼梯通向一个小小的圆口井，地上的卵石闪闪发亮**[②]”，但水面光线暧昧，肉眼很难看清，因此人们难免一脚踩进去。这一片地下水给乔治·桑留下了

① 米歇尔·布罗多，《沃拉斯卡》，同前。——原注

② 让-皮埃尔·科尔洛克，《影子的伙伴》，同前。——原注

深刻的印象：“**来到用岩石规则雕凿的台阶底部，我们发现一处清澈的水源，像是镶嵌在一圈冰冷洁白的石头里的一颗平面钻石；外面的微风从未吹皱这一汪清水，它是如此安静澄明，让人以为是一整块水晶石。**[①]”

“非人化”的骸骨静候参观

终于，我们来到了地下墓穴门前。“**朋友，让我们一起期待来到这片死亡之域吧。在这里，我们会看到生命！我还不知道巴黎有哪个地方比这儿更适合去！我们在这儿只会遇到未婚男女、正在度蜜月的新婚夫妻或者热恋中的情人，总之是所有幸福的人。**[②]”这里没有地狱之门，在我们面前打开的，是一个“文明”的藏骨堂，骸骨排列整齐，像一个法式的公园，一个地下的休憩场所。这里几乎是“整个巴黎”不可错失的景点，一个“相遇之地”，一个必须看过、并且必须在那里被人看见的约定地点。在这里，“自拍”爱好者像在其他地方一样狂热，因为每个人都知道，这样拍照不仅仅是为了定格自己的样貌，更是在世界上找到自己的位置；同样重要，甚至更重要的是风景本身，是取景地点，为了表示人们曾经来过。在这里证明自己的存在，并且证明自己全身而退，比在其他任何地方都更具象征意义，或者更为重要……登上展示死亡的舞台，置身于最不同寻常的环境之中，这是多么无与伦比的经历！地上的巴黎属于生者，而地下的巴黎属

① 乔治·桑，《地下墓穴一游》，载《两个世界杂志》，同前。——原注
② 加斯东·勒鲁，《大盗回魂》，同前。——原注

于过去，二者就这样不期而遇。

地下墓穴藏骨堂的骸骨被精心地整理，安放，排列整齐得如同接受检阅的军队。1809 年，接替两年前去世的吉约莫担任采石场监管官的埃利卡·德图里决定将这座“亡灵的建筑”改造为一个值得敬畏的场所——原本就应如此，因为“**很多家庭常常提出要求，希望能允许他们拜访地下墓穴，那里埋葬着他们祖先的骨灰。这些骨灰来自巴黎的各个公墓，来自 9 月 2 日和 3 日大屠杀的牺牲者的墓地**[①]”，他在 1809 年至 1813 年间整理的《地下墓穴参观者登记册》[②] 的前言中如是写道。他正式批准了这些参观请求，“**为使参观有序且庄重地进行**”，并且将值得敬拜的遗体有条不紊地排列。他是一位先行者，一个“**希望敬重死者，或是为这种不可思议的混乱赋予意义的人**[③]”。他还竖立了纪念碑，其中一些具有双重作用：在稳固土地的同时丰富了参观途中的内容，为当时人的意识中增添了“阴郁凄凉之感”。

这些骸骨按照前文所述的第二种开采方式——“石墙和充填”法进行排列：长骨被成捆地码在一起，后面胡乱堆放着其他所有骸骨，筑成隧道两侧的围墙。这些墙上装饰着许多列平行的头骨，偶尔用其他头骨组成几何形状作为修饰：十字形、方形、菱形、心形、大圆形，在 20 世纪 20 年代，甚至还垒出了埃菲尔铁塔和圣母院的形状。

---

① 1792 年 9 月 2 日，巴黎人民对未经审讯的狱中犯人展开无差别的屠杀，屠杀一直持续到 9 月 6 日，并延伸到外省。——译者注

② 现藏于巴黎历史图书馆手稿档案室。——原注

③ 迈克尔·斯科特，《魔法师》（《永生的尼古拉·弗莱梅的秘密》第二卷），Pocket jeunesse 出版社，2008 年。——原注

有人曾将骨堆比作洞穴内或路边堆成立方体的木材，与之相比，龚古尔兄弟还作过一个更不讨人喜欢的对比：藏骨堂墙上排列的骸骨让他们联想到某些瓶子细细的瓶颈。不过，龚古尔兄弟也将它们比作一座“**头骨图书馆**”。2014 年，有位小说家也这样描述见到这些摆放奇怪的骸骨的第一印象：“**这些棕色或古铜色的人类遗体堆积在一起，一眼望不到头，组成一座亡人图书馆，挑战着人们的想象力。**[①]”

我们要和福楼拜一起参观地下墓穴。这些骨头摆放得如此整齐，让人联想起贝尔西酒窖。一道行政命令让这座头骨图书馆的影响力顷刻间烟消云散。而后，这些滑稽的巴黎人

① 大卫·埃莫顿，《最后的洪水》，同前。——原注

百无聊赖，在藏骨堂找乐子，在虚无之地插科打诨，令人生厌。要想引人注目，必须有堆积成山的骸骨，而不是货架。骸骨应当高高地垒起直至宽阔的穹顶，湮没在黑夜里，正如这些头骨湮没于籍籍无名和混沌尘埃中一样。

铭牌上还刻着诗句。那些亵渎死亡的韵律……看着所有这些遗体，所有这些珍贵的人们，我不禁在想：'为什么骨骼承载着不朽的意义？'"

——儒勒·德·龚古尔和埃德蒙·德·龚古尔，《文学生活回忆录》，1862年3月11日。

相反，巴尔扎克的态度则更尊敬，他将其称之为"**死亡档案**[①]"。无论如何，所有这些"**头骨和股骨堆**（组成了完美的）**描绘地下墓穴的埃皮纳勒版画**[②]"，所有载体都成了宣传的媒介，例如小说、漫画、电影、角色扮演、电子游戏等等。

为"装饰"而刻制的铭牌

许多地方的骨墙里嵌着吉约莫时代刻成的铭牌，用于提示此地的骸骨来自哪座公墓。除了这些标识外，埃利卡·德图里还加

① 奥诺雷·德·巴尔扎克，《百岁老人，或两个贝兰戈尔德》，同前。——原注

② 皮埃尔·吕卡斯，《沉没》，同前。——原注
埃皮纳勒版画，一种创作于木板、金属板或石板上的版画，色彩鲜艳。这类画作最初由埃皮纳勒的出版人让-夏尔·佩尔兰出版，故被称为"埃皮纳勒版画"。——译者注

上了文学作品中的语句，宗教性和世俗化的均有。我们在这里能看到伟大的古典时期作家，19 世纪时声名卓著但如今不太为人所知的诗人，或者当时诗兴盎然的文学爱好者。

这座地下墓园里集中了一些优美的引文，部分取自《圣经》，还有的取自古典时期作家的作品：但丁、荷马、卢克莱修、奥维德、塞涅卡、塔西陀、维吉尔，也有最著名的拉辛、拉封丹、拉马丁、马莱布等人的作品。我们也能看到被诅咒的诗人吉尔伯的诗句，以及现在人们不太熟悉的作家——还是不说“被遗忘”（甚至彻头彻尾地淹没在“文学的地下墓穴”之中了！）为好：菲利普·阿贝尔、勒米埃、勒古韦、卢梭（让-巴蒂斯特·卢梭，而非让-雅克·卢梭）、德维尔及众多其他作家。

参观者遇到的第一处这样的铭文刻在藏骨堂前庭的门楣上。在到达这里之前，先要走过几百米长的隧道，对于准备好在 600 万死者[①]（相当于现在巴黎人口的 3 倍）的骸骨中间瑟瑟发抖的参观者而言，这段路程可能会十分乏味。这些死者中有许多大人物：作家（拉伯雷、让·德·拉封丹、夏尔·佩罗、拉辛）、音乐家（吕利）、建筑师（萨洛蒙·德布罗斯、克洛德·佩罗）、大革命时期的人（伊丽莎白夫人、卡米耶·德穆兰、拉瓦锡、丹东、罗伯斯庇尔、夏洛特·科尔代）。这个名单显然还不完全。在地下，在这里，众人皆无分别：王侯显贵、官僚大臣的遗体与贩夫走卒、乞儿娼妓等底层人民的骸骨混在一处，完全被一视同仁地对待。

---

① 这一数字在保罗·法西《巴黎地下墓穴》（同前）中被引用，但现在受到质疑。新的估测工作即将展开。——原注

这句欢迎语带有威吓的意味，给参观者迎面一击，同时还是一句亚历山大体诗：

站住！

这里就是死亡帝国[①]

这是雅克·德利尔（又称“德利尔教士”）翻译的维吉尔《埃涅阿斯纪》[②] 中的一句半诗行。冥河上渡送亡灵的神见到埃涅阿斯走近，于是大喊：

Quisquis es, armatus qui nostru ad flumina tendis,
fare age, quid venias, iam istinc, et comprime gressum.
Umbrarum hic locus est, somni noctisque soporae.

依照字面含义翻译过来就是：“赶快给我站住。这里是冥土——睡乡和长眠的黑夜的国土。[③]”

而后是一连串提醒人们生命短暂的句子，间或穿插着其他铭牌，标示着骸骨的来源和迁到此处的日期。

自 1785 年 12 月起，第一批骸骨被迁移到藏骨堂，不过藏骨堂的祝圣仪式到了次年 4 月 7 日才举行。这个日期也因此被当作骸骨迁移的开始，或许也是有意为之——为了不让人知道最初存放在这里的骸骨被宗教遗弃？无论如何，铭牌上镌刻的最早日期

① 原文为 ARRÊTE！C'EST ICI L'EMPIRE DE LA MORT。——译者注
② 维吉尔，《埃涅阿斯纪》，卷六，第 389 句末和第 390 句。——原注
③ 译文引自杨周翰译本，人民文学出版社，1984 年。——译者注

仅为 1786 年 4 月。

一座迷宫，偶尔也是灾祸之地

并非所有隧道都向好奇的公众开放，但如果参观者作了充分的准备，就会带上一盏备用灯和一颗蠢蠢欲动的好奇心，试着探索地下栅栏后面的秘密。因为“**两侧有许多禁止公众进入的隧道。在上了锁的栅栏后面，它们张着阴暗的大口，十分诱惑**[①]”，从前是矮小的“**围起正式藏骨堂的白色栅栏**[②]”，不过后来被大量毫无吸引力的栏杆取代。好奇的游客用手里的一束光回应黑暗的召唤。

这座迷宫完全可以成为米诺牛的老巢，只差一团羊毛线（或者，按照 20 世纪 80 年代曾经流行的现代版本，是一卷录音带盘芯）。最初，参观者会收到建议，除了“**穿得暖和一些，也要带一些口粮，至少要带点传统的小面包，倒不是为了在死者的居所开一场丧宴，而是因为地下探索预计要花上 4 个小时，要防止有人会在这种阴冷潮湿的地方体力不支**[③]”。

虽然人们是在划定的范围内参观，但这也并不意味着没有任何风险，一些越矩和冒失的行为不仅会给藏骨堂带来负面影响，也会伤害到游客自己。有的参观者会走错路，导致前文提到的事实——在 1830 年左右，地下墓穴对公众关闭（但在这段管控时期，“私人”参观依然继续进行）。因此，进入墓穴前的建议也是

① 泰丝·格里森，《命运的关联》，同前。——原注

② 让-巴蒂斯特·埃韦特，《无头女人街》，Gallimard 出版社，2000 年。——原注

③ 《巴黎地下墓穴和罗马地下墓穴概述》，同前。——原注

一种警告，“**因为某些团体或个人有可能走错路，或者因突发事件而失散。面对这种情况，必须作好防备。您瞧，读者朋友们，满足这种好奇心固然能带来乐趣，但与之相伴的可不仅仅是一些无关痛痒的、轻松的担忧**[①]”。

由于藏骨堂和周围整体的采石场网络之间没有实在的围墙，参观者可能会走出设置了路标的参观路线，有迷路的风险。1861年时，曾有4个人在这里过了一夜，这段经历在他们日后的记忆中一直萦绕不去[②]。他们只带了一支没有灯笼保护的蜡烛，甚至都没有携带应急火柴——4个人中有M. 凯特利，他是地下墓穴的守卫之一！蜡烛被一阵风吹灭后，他们没有了任何照明措施，最终走到卢森堡公园附近的杜盖·图安路下方，从一口垂直的副井底向上呼喊。上午10点，一个回家的路人（名叫菲利帕尔）听到了他们的声音。接警赶来的警察给他们扔下去蜡烛和火柴，最终帮助他们从圣母德尚路73号的副井脱身[③]。而后，在1862年，一个英国人在巴黎地下游荡了两夜，最终找到了出口[④]。同样，如果我们相信1903年11月的《朝圣者》所述属实，那一年，25名英国参观者偏离了参观路线，在地下走失。

在距现在更近一些的时间——第二次世界大战结束后，有天傍晚，进入藏骨堂的732名参观者中走失了50余人。“**一个故弄玄虚的人，（……）趁官方向导不穿制服、不佩戴徽章之便，冒**

---

① 《巴黎地下墓穴和罗马地下墓穴概述》，同前。——原注

② 《朋友，一本宗教和文学期刊》（第34卷），出版于费城，1861年。该期刊引用了此前一家法国报纸上报道的故事。——原注

③ 当时，在他们成功逃脱的这个出口旁边，住着有名的地下派、化学家亨利·勒夏特列，他发现了著名的反应平衡移动原理。——原注

④ 《利特尔的生活年代》（第3套，第17卷），《波士顿季刊》，1862年4—6月。——原注

充其中的一个，带领一队参观者走进了不对公众开放的隧道。（……）**很快，所有员工都被动员起来，进入从奥尔良门通往圣米歇尔大道的隧道。他们用警告喇叭呼喊，搜索行动一直持续到凌晨2点。最终，这一小队参观者被找到，幸而安然无恙……在圣宠谷的庭院里。**[①]”值得注意的是，在这群被困的人当中，也有一个负责监督参观者的守卫。1993年，弗朗索瓦·莱尔米特教授为这个“巨大的玩笑”作了解释[②]：“**一天，我们决定**（从科尚医院入口处）**出发进入地下墓穴负责部门组织的参观线路，我们分成两队：一队是幽灵，另一队是负责把参观者带离正式路线的向导。**”

使参观者迷路——或者更确切地说，参观者自己迷路——当然不是常事，不过也时有发生。并且，这种轶事开始隐约在媒体上出现，就足以让人保持怀疑。“**我来到巴黎36年了，一直不敢去那里参观。我听了太多游客走失、蜡烛熄灭的事，隧道两旁都是累累尸骨。丹费尔，地狱的代名词。**[③]”不过，这在如今已经是不可能的事了，禁止参观的隧道不再用简单的栅栏围起来，取而代之的是几米厚的围墙。

符合期待的浪漫惊悚装饰

“**我慢慢地回想了我生命中经历的所有事物，我的想法和热情，那些激动人心的日子，悲哀的日子，希望的脉动和令人焦虑**

---

① 《地下墓穴之谜》，载《战斗报》，1948年6月22日。——原注

② 帕特里克·巴卢尔，《实习医生休息间或神的快乐》，Loya出版社，1993年。——原注

③ 保罗·居特，《天真巴黎》，同前。——原注

的痛苦。我一一回顾，如同一个拜访地下墓穴的人，缓缓地环视两侧，看那一排又一排死去的人。①”

供勇敢的参观者满足好奇心的路线正位于两道垒起的围墙之间，一直通向藏骨堂尽头，在所有这些来自巴黎老教区的骸骨中间蜿蜒伸展。幸好有埃利卡·德图里设立的纪念碑，才使得这段人骨堆里的旅程不至于单调。地下室是在一面墙里直接拓建而成的，适合作为冥想场所。除此之外，还有石砌的许愿祭坛，甚至有一方泉水。

前庭的一根柱子上刻着“W1909”的字样，是保罗·魏斯担任监管员时期的痕迹②。走过前庭之后，左侧的一个形状吸引了大量参观者——他们走到这里也无法半途而退了——那是一个心形。虽然我们不知道这是何人所为，并且此人的动机十分可疑，他自己的躯体应该也已完全融入了此地的整体结构之中，但可以肯定的是，这个形状出现于1860年之后。我们从第二批被大量迁移到地下墓穴的骸骨堆中取道进入藏骨堂③（这里并非时间最近

① 居斯塔夫·福楼拜，《十一月》（写于1842年），1910年。——原注

② 直到最近一段时间，这个年份都是整个巴黎地下采石场内所刻的最晚的日期。但在2014年末和2015年初，支撑勒内-科蒂大街出口台阶的现代支柱上出现了新的铭文“IGA 2014”“STS 2015”（有些类似惯用的三名缩写法，但与所有在职监管员的姓名首字母均不相符；这是监管员助理和制造企业的标志）。于是，人们有理由提出一个问题：在巴黎地下的墙壁上留下这样的痕迹，最终不是等同于许许多多参观者的行为了吗（那些被正当批判的行为）？抑或他们正是因为对采石场十分着迷才刻下这些烙印，只是用重续百余年前中止的传统作为伪装？——原注

③ 第一批迁移在1785年至1814年之间进行。最先清空的是圣无罪者公墓和其他17座巴黎的公墓，第二批按规定接收的（出于方便）遗骨是在1859年奥斯曼改造巴黎期间迁来的。——原注

的骸骨，因为根据一块彩色铁板上的记录，最后一批骸骨于1933年12月从拉雪兹神父公墓迁到此处）。另外，纳达尔于1861年在此地拍摄的一张照片上有一块刻字铭牌（今已不存），牌上写着骸骨直接来自沃日拉尔公墓，1859年9月，外面的大道扩建时，这些骸骨被安置在了这里。

丹费尔-罗什洛藏骨堂的装饰大多由头骨组成，也有许多竖

藏骨堂地图

墓灯地下室

立在黑色基座上的白色方尖碑（特殊时候二者的颜色颠倒），间或还能看到少数天主教十字架，有时全部涂成黑色。此外，许多铭文（直至晚近时期还是全白色）外都环绕着黑框。这些“**黑底白线**[①]”完全不是无足轻重的装饰。由于对这种浪漫惊悚装饰的好恶程度不同，我们可以看到许多不一样的描述，诸如“**病态的收集**[②]”，抑或是“**艺术装潢**[③]”“**艺术宣言**[④]”，甚至一种“**乌托邦式的惊悚建筑宣言或富于想象力的考古重建，正如维奥莱-勒杜克在另一领域所做的那样**[⑤]”。

这里有大量将头骨置于两根交叉成 X 形的长骨上方的装饰，十分常见。“**左边是一具基督教徒的骸骨，因为它的手臂骨骼仍**

① 让-巴蒂斯特·埃韦特，《无头女人街》，同前。——原注
② 让·吕克·比齐安，《死屋》，10/18 出版社，2009 年。——原注
③ 丹尼尔·佩纳克，《步枪仙女》，Gallimard 出版社，1987 年。——原注
④ 泰斯·格里森，《命运的关联》，同前。——原注
⑤ 让-巴蒂斯特·埃韦特，《无头女人街》，同前。——原注

然保持着十字形。[①]”在小说《双重婚姻》中，这具骸骨巧妙地引起了一个将巴黎地下墓穴和罗马地下墓穴混为一谈的向导的注意。这座藏骨堂内没有一具完整的遗骨，只有按照墓地来源重组并掩埋的骸骨，如同待风干的木材或者酒窖里排列整齐的酒瓶；但这种迷惑性的话语也不能百分之百地相信。在由巴黎大主教M. 德科尔默南作序、曾对地下墓穴藏骨堂作过认真研究的保罗·法西撰写的著作中[②]，我们读到这样的描述：“**在这里，在地下墓穴的迷宫之中，头骨被置于交叉的长骨之上，这些排列好的骨骼组成了阴森森的死亡之路。**[③]”

通过“**手臂骨骼保持十字形**[④]”的描述，可以从这些头骨下方的交叉长骨的角度理解这种装饰图案。尽管这个装饰在20世纪80年代初还依然盛行，但不幸的是，后来它遭到了一群又一群不受约束也无法约束的游客破坏。一些人希望带走这里独特的物品作为纪念。现在，这个藏骨堂曾经的象征已经十分稀少。

为防止参观者做出这种等同于盗墓的偷窃行为，管理方在入口就设置了提示，提醒游客在出口处将接受背包检查（而进入博物馆之前的安检是法国反恐计划的要求），走到藏骨堂门口时，还会看到一个禁止触摸骸骨的提示。然而，家中有这种恐怖“纪念品”的人不在少数：“**头骨居高临下地放在一堆书籍之上，旁边是一个盛满了烟蒂的烟缸和一篮水果。**[⑤]”这完全是为了满足

---

① 乔治·西默农，《双重婚姻》，同前。——原注

② 著有《地下墓穴，历史研究》，1862年。——原注

③ 《巴黎地下墓穴，或在地下墓穴入口处修建丧葬礼拜堂计划》，同前。——原注

④ 然而，应当明确指出的是，“骨骼”是专属于生者的特征和标志；生者死后应当称为“骸骨”！——原注

⑤ 让-巴蒂斯特·埃韦特，《无头女人街》，同前。——原注

自己的虚荣心——尽管比起将头骨用作烟灰缸或者啤酒杯座而言，还是保留了一点尊重。这种盗窃行为并非近期才出现，而是由来已久。就在不久之前，一个物品交易网站上还出现过这样的信息：**“货真价实的人骨残骸，全部由我本人在 1896 年 10 月 3 日星期六参观巴黎地下墓穴时收集而来。”**

死亡帝国的地狱之河

“参观地下墓穴途中最令我们震惊的，就是一口被称为撒玛利亚妇人井的泉水。[①]**”**

在如今的游览路线上，走过一块记录藏骨堂诞生过程的纪念牌[②]（上写此地于 1786 年由夏尔-阿克塞尔·吉约莫在警察局长蒂鲁·德考斯内批准后建造，埃利卡·德图里于 1810 年扩大藏骨堂面积并进行内部改造——考虑到将要接待参观者），我们遇到的第一处遗迹就是这座名叫“撒玛利亚妇人”的泉水（过去也称“遗忘之泉”或“忘却之泉[③]”）。泉水池边环绕着四根支柱，这处遗迹就因其中两根上的诗句而得名。左侧后面的柱子上刻有《约翰福音》节选，是耶稣在雅各井前对那个撒玛利亚妇人所说的话：**“凡是喝这水的人，还会再渴，若喝我所赐的水，就永远**

① 乔治·桑，《地下墓穴一游》，同前。——原注

② 这是一块同其他铭牌一样设在路边的牌子（和其他旧图像资料进行对比即可发现），是“死神之舞”的牺牲品，因为它曾经位于藏骨堂最初的入口处，奥斯曼时期藏骨堂范围扩大后就被封闭起来。——原注

③ 原文为 source de Léthé。希腊神话中，冥府有五条河流，其中一条就是“忘却之河”（Lethe）。——译者注

不渴。”

与之相对称的右侧后柱上刻有维吉尔《埃涅阿斯纪》的节选，与地狱中流淌的那条神秘河流有关。德利尔教士所译的亚历山大体诗如下：

……你在这里所见之人，
有一天会在其他躯体里重生，
但在千辛万苦转世之前，
他们寻找无法渡过的忘却之河，
在人类情感的漫长沉睡之中
饮下幸福的忘却之水，忘记原初的痛苦。

在前面的另外两根柱子上，只有技术性的指示值，即水池的海拔高度①和相对于图尔内勒桥的高度——这是巴黎过去应用的测量系统。这两个指示值在埃利卡时代并不存在，可能是1859年至1860年期间扩大范围时添加上去的，因为阿贝尔·勒梅西埃将其列入了他的清单（根据埃米尔·热拉尔的记录，这两个指示值大约出现于1878年）。

实际上，撒玛利亚妇人井既非泉水，也非喷泉，更不是一口井：它只是在地下墓穴为向公众开放而进行的施工过程中不巧出现的一片恼人的水。18世纪末，采石场监管组织的工人发现了这片水，便将它引向这片水池，以供施工时使用。虽然事实可能令

① 以马赛验潮仪为参照的法国综合水准测量部成立于1884年。——原注

人失望，但要知道，这个遗址在埃利卡·德图里的设计之中。正是由于有这样一处蓄水池，并且这片池水被精心打理，人们才想到在周围刻上这些句子，最终给这座装饰性设施赋予不同的名称。这里的水波曾两次养育了生命：1813 年 11 月 25 日，四条红色的鱼（金鱼或中国鲷鱼）被引入这个水池，它们无法再生育，后来甚至失明。1885 年初，两条鲤鱼和一条冬穴鱼又为这口水塘带来了生气，它们在那里一直活到 1886 年 12 月。

“我拼命地抓，心跳得厉害。珍珠！鳟鱼！就像在捡那些交叉的胫骨！大把的珍珠和成堆的胫骨！”这个比喻大胆地将两个地点混淆在一起，即地下墓穴藏骨堂和雷奥·马勒虚构故事的结束地——蒙苏里蓄水池，二者都是 14 区不容错过的建筑遗迹。

Ite missa①，或者说 Ite missa erat②

走过撒玛利亚妇人泉不远，在纪念柱（竖立于三角基座之上，上面用拉丁语刻着三句“记住你即尘埃，亦将归于尘埃”）之后，我们来到一座祭坛前的“小礼拜堂地下室”。这里既是在 1810 年一次塌陷事故之后建起的加固措施，又确实是一座“小 Sacellum③”。这里由方尖碑大祭坛（过去这里有数座方尖碑，如今仅余一座）和大十字架组成。小礼拜堂直面参观者走来的方向，不过被晚近建造的支柱遮去一部分；这些新建的加固设施建成后，原有的一处特殊装饰——用头骨和首尾相接的长骨围成的

---

① 拉丁文，意为“参加弥撒”。——译者注
② 拉丁文，意为“以前曾参加弥撒”。——译者注
③ 拉丁文，意为“墓室”。——译者注

直径逾 1.5 米的圆形（左边的骨堆里有一处小巢，是为婴儿的骸骨而准备）——便荡然无存。

撒玛利亚妇人泉

根据埃利卡·德图里的记录和大仲马在《巴黎的莫希干人》中的描述，祭坛是1807 年罗讷河岸边发现的一座罗马时期墓葬的复制品。这一发现是当时考古学界的重大事件。“**在仔细观察了矿物学展品、病理学展品和圣洛朗地下室之后，我们看到了方尖碑祭坛，这是模仿在维埃纳和瓦朗斯之间罗讷河边发现的一座古墓而建。祭坛的左右两侧是用骸骨筑起的台座。**[①]” 大仲马时代的这条路线在今天有了一些变化；入口不再相同，人们如今是从祭坛右侧进入，并且文中提到的两个珍奇陈列馆（矿物陈列馆和

① 亚历山大·仲马，《巴黎的莫希干人》，同前。——原注

骨学陈列馆）也不复存在。

直到 20 世纪 70 年代，小礼拜堂里每年依然会举行一次弥撒，就在鬼节当天，即万圣节的第二天。弥撒由圣多米尼克教区组织，须提前几周进行登记方可参加，显然是因为祭坛前可供参加者活动的空间十分有限。举办弥撒前还得招募多名唱诗班儿童，他们会引导信徒来到圣地，一些有自由空间的儿童还可借此机会在藏骨堂周边探索一番，这也使得他们中的部分人成为了地下派[①]。

相反，葬礼慈善部——一个普世组织——每年都会在地上为地下墓穴藏骨堂举行弥撒。弥撒于每月的最后一天在不同的教堂

① 乔埃尔·卡蒂埃（一位已故的洞穴学者）的回忆。他对地面上的 14 区了如指掌，曾是被动员的唱诗班儿童中的一个。他曾探索藏骨堂几条固定隧道之外的区域，从那时开始，就出于热爱而走遍了巴黎地下的所有采石场。

举办，献给骸骨被安放在地下墓穴的人们。还有一个弥撒是为骸骨迁移的纪念日而设，在原公墓所属主管教区的教堂举行。不过，自1866年11月1日起，葬礼慈善部组织的弥撒仅在圣母院举办。并且，曾经用于葬礼的黑色装饰品今后只能在符合礼仪规定的日期使用。

骸骨堆中没有埋葬物的空墓

“没有海洋，除了我们头顶的这一片。温热的水珠从那里渗进来，滴落在地。又是两根交叉的骨头，然后是铭文——安静，必死之人——伟大即虚妄，安静——如此盛气凌人的文字。[①]”这些文字写在吉尔贝墓后垂直固定的两座石台上。

① 威廉·T. 沃尔曼，《暴力之书》，Tristram出版社，2009年。——原注

这两座石台最初也是一块加固材料，但被巧妙地伪装成石棺的形状安置在坟墓下。过去，它曾被称为“泪瓶[①]石棺”，因为上方的墙壁上曾有一只泪瓶的复制品。这里只是一座衣冠冢，不过因其正面镌刻的诗人吉尔贝《永别了，生命》（或《死亡之诗》）中的诗句而得名。埃利卡·德图里时代的这一杰作是采石场工程师卡利所为，在1807年吉约莫去世到两年后图里接受任命期间，他与勒·博苏、于塞组成了一个管理委员会。

尼古拉·吉尔贝出生在丰特努瓦-勒-夏多，是一名讽刺诗人，因此树敌不少；他在1766年该公国并入法国国土后才成为法国人。他于1780年11月16日死于巴黎寓所，年仅29岁，短暂的生命使他成为受诅咒的诗人这一传说中的典型。自从有一次从马上跌落伤及头部之后，他就时常遇到麻烦。他曾遇险吞下房间的钥匙[②]（有人指出，是他小匣子的钥匙），被送到主宫医院。据传说，他就是在住院的短暂时期内写出了这首题为《永别了，生命》的颂诗，其中的诗句被刻在他位于地下墓穴的“坟墓”上。这首诗1780年10月17日发表于《巴黎日报》，因此，他并非像传说中所言死于诗作发表的8天之后，而是一个月之后。

1773年，吉尔贝还写过一首《上一次审判》，其中一段也曾被镌刻在地下墓穴里，就在因此而得名的地下室中，不过这个地

① 古罗马时期和古希腊晚期墓葬中发现的一种瓶子，通常为陶或玻璃材质，根据考古学家推测，该瓶是用来盛放死者亲人的眼泪。——译者注

② 1969年，菲诺医生在法国医学史协会大会（5月31日会议）上指出，这枚卡在食道的钥匙在尸体解剖时得以确认。——原注

方如今已经消失①：

> 从永世的黑夜里出来吧，
> 聚到一起，死者的魂灵；
> 回到你们各自的躯壳里去，
> 到上帝面前；上帝正召唤你们。

若有人想到他去世的主宫医院“寻找吉尔贝”，请留意其中一座台阶下的隔间，那里的墙上刻着他的代表作《永别了，生命》的最后6节。

请允许我讲讲我认识的一位诗人，他的精神曾经从心醉神迷骤然陷入疯狂躁动。不幸的吉尔贝在我们当中有如布瓦洛再世；他头脑灵活；他有着罕见的精准目光；但可能倾注了过多的激情；大家了熟于心的这两句诗就是出自吉尔贝之手，他还为此反驳了M.德拉阿尔普学究式的批评：

> **所有从悲剧缪斯那儿偶然漏下的灵光，**
> **都一落千丈停在学院的宝座之上**

他还针对许多位法兰西学院院士写过有趣的诗，甚至针

① 这只是70块最初就消失了的石碑之一。——原注

对我这个和他一起嘲笑他们的人[①]！自从有一次他从马上跌下来被送进主宫医院后，就被攻击为疯子；在那里，他由于担心一些我也不知道是什么的书，害怕别人把它偷走，就拿出他藏好的房间钥匙并吞了下去，那钥匙的长度足有6法寸[②]：这个怪人以为这样就能让他的房间躲过检查。此举使他成了医院手术台上一个奇特的、几乎令人难以置信的病例；因为他在被钥匙卡进食道的情况下活了三四天，没有任何人对他产生怀疑。人们在解剖他的尸体时才明白他所说的话，但当时人们都认为他疯了——当时他指着自己的脖子说："我这里有一把钥匙。"

这位出色的打油诗人就这样死去了，在遭受了外界所有琐碎的攻击之后，他终于有了一个自由释放才华的空间。他曾多次对我说，初到巴黎时，他敲不开富人家的门，被迫在新桥下面睡了好几夜：这样的夜晚给他的诗歌注入了活力，只有上帝才知道，后来他为了对抗满目的人情冷漠写出了怎样的诗句！

——路易-塞巴斯蒂安·梅西埃，《巴黎的画卷》，1781—1788年。

① 他不受哲学家的欢迎，于是转向神父，克里斯多夫·德·博蒙给了他一些钱；一天，他带着一件绣金边的衣服来到我家，一边展开它一边嘲笑我的中立："我亲爱的朋友，"他拿着衣服对我说，"这难道不是一条教堂圣坛前的帷幔吗？"——原注

② 1法寸约等于2.54厘米。——译者注

需要注意的是，如果不是地下墓穴藏骨堂里摇曳的火光一直照着他的诗，这位诗人吉尔贝很可能已经被人们遗忘得干干净净。不过，19 世纪时，他的声名传播到了遥远的加拿大法语区，这要多亏克洛维·皮纳尔教士的小说《吉尔贝或不幸的诗人》，此书在这个广阔的国家最偏僻的角落广为传播。

墙上这些提示着世上生命皆虚无的世俗和宗教文学作品节选也吸引了共济会的兴趣。对此，市面上出售的那些建议在这个奇特的日子里探索巴黎的指南也不忘提上一笔。此外，现在也可以在藏骨堂内跟随讲解者进行主题游览。位于没有墓葬的骸骨堆中的这座没有遗体的坟墓也在探索线路上，并且与共济会相对应。再说，第一位采石场监管官夏尔-阿克塞尔·吉约莫不是“九姐妹分会”的一员吗？如他认识的本杰明·富兰克林或雅克·德利尔，以及在死前几个月加入共济会的伏尔泰一样？其他采石场监管官也是共济会成员，其中包括整修地下墓穴的埃利卡·德图里和 1896 年至 1907 年间任总监管官的夏尔·维克施海默[①]。

法国大革命时期少有人知的印迹

除了来自圣无罪者公墓和巴黎其他公墓的骸骨之外，藏骨堂

---

① 1905 年，正是在他的领导下，保罗·魏斯寻找并找到了美国独立战争英雄、海军司令约翰·保罗·琼斯的墓，在此之前，这座坟墓一直不为人所知；他也是共济会的一员，属于“九姐妹分会”。他死后葬在圣路易新教徒公墓，这座公墓位于格朗日-奥-贝尔路和艾克吕斯-圣马丁路之间。后来，在这座古老公墓的土地上，人们掘进了 245 米长的巷道，纵深探测 178 米，才确定了他的准确位置。

还接收了大革命时期不同死者的遗骨：有在 1788 和 1789 年一系列事件中死去的人，也有 1792 年 8 月在杜勒丽宫战斗的牺牲者，还有 1792 年 9 月监狱屠杀的罹难者（共 1000 余人死亡）。埃利卡·德图里想通过建造古墓形式的赎罪礼拜堂向所有牺牲者致敬，希望向法国历史上这黑暗的几页里所有“不幸的牺牲者”表达尊重。那时，在每年的 9 月 2 日和 3 日，藏骨堂还会举行庄重的纪念仪式。

财政总长洛梅尼·德·布里安辞职后，1788 年 8 月 28 日和 29 日[①]，格雷夫广场（今市政厅）爆发了激烈的战斗，就在布里安宫和梅斯雷路上。几天后，牺牲者的遗体被葬在地下墓穴，这是地下墓穴首次接收直接下葬的遗体。1789 年 4 月 28 日，雷韦永彩纸厂（位于圣安托万镇）工人因为对收入不满而组织暴动。在这次交火中死者的遗体连续 5 天被放置在藏骨堂内，以便他们的亲友辨认。随后，在死者的家人面前，这些遗体被覆盖上一层生石灰下葬。后来，1792 年 8 月 10 日[②]，杜勒丽宫的战斗导致约 2000 人死亡。虽然一小部分人有幸被葬在地下墓穴，但多数死者还是被埋在了蒙马特一座旧石膏采石场中（位于奥塞尔路上）。

同样，1792 年 9 月黑色流血日的死难者遗体也没有全部被收入地下墓穴藏骨堂。有些人在公墓下葬（克拉马公墓、沃日拉尔公墓），而另一些则被草草掩埋在收容院的墓坑中（在比塞特尔和萨尔佩蒂耶尔）或井里（卡姆修道院），还有人被埋在沙朗通

---

① 原文为斜体，遵古法语将 août（八月）写为 aoust。——译者注

② 同上。——原注

一直在使用的地下采石场里，导致采石场被迫关闭。随着公墓的取消和城市化工程的中止，其中的一些骸骨最终被移到了地下墓穴。

另一处晚近的遗迹也与有关大革命的这四座石碑有联系，那就是 1871 年巴黎公社的石碑。根据碑上的记录，1871 年 4 月 17 日，这些骸骨由圣洛朗教堂迁来此处。碑上的铭文经过了修改：将近 1880 年时，“**安置于此处的骸骨**”取代了“**遭巴黎公社社员盗窃的墓**”，为的是消除这个党派色彩明显的指称。在现场仔细观察一番，还能看出这句被禁用的描述的首尾字母（字母 v 和s）！

1871 年，可能躲藏在巴黎和郊区地下的起义者遭到追捕。人们在讲述这个故事时使用“地下墓穴”一词来制造轰动效果，当时的插画家就按照字面意思，把这场围捕画在了……市政藏骨堂里。

发生在地下墓穴里的追捕是凡尔赛军占领巴黎这场大戏中最悲剧性的段落。因此，我们应当通过一幅画记住这个事件，并且稍作评论。

城市里大街小巷上的战斗已经结束。起义者全面受制。没有在战斗中被杀、被抓或者被枪决的，都企图逃出生天。一些人溜进了下水道，另一些藏在美国采石场，更多的人还是躲在地下墓穴。但没有任何一个避难所能保护他们不被发现。

他们四处遭遇追捕，被抓获后或是被就地正法，或是被收押入狱，送到凡尔赛宫。围捕持续了一个月，最初几天就在地下墓穴。一批人马从炼狱广场城栅的入口进去，另一批严密把守通往蒙苏里平原的大门。随后，士兵们举着火把，小心翼翼地走近宽阔的藏骨堂。不难想象那里会发生什么。

我们的插画已足够说明一切，因此无须再作过多描述。最后这次想必是一场恶战，火把红彤彤的光照着战士们肌肉紧绷的脸。猛烈的踏步声，愤怒和痛苦的吼声，垂死的喘息声，刺刀清脆的撞击声和爆炸声；这是怎样一幅场景啊！所有声音都在长长的、遍地骸骨的地下室走廊里回荡，死者就躺在人们眼前，曾经许诺给他们的休息让他们苦不堪言！正如这句话所言，'他们安睡在这些界石之外，等待真福的降临'，这句拉丁文刻在通往地下墓穴的大门上：*Has ultra metas requiescunt beatam spem Expectantes.*

——《画报》，1871 年 6 月 17 日星期六（文章署名：C. P.）

唯一的墓碑，还有花环为冠

"隧道向下延伸，地面潮湿，我们在泥泞中行走[①]"；这是通往下层地下墓穴的两条路之一，另一条路曾经是一条有 10 级台

① 加斯东·勒鲁，《大盗回魂》，同前。——原注

阶的规整隧道，但现在已经关闭，并且遭到了唐突的、丑陋的现代工程的破坏。斜坡路的起点是一块刻着瑞典语的纪念牌，为纪念 1867 年世博会期间奥斯卡王子（后来的奥斯卡二世）来此参观。沿着这条路向前，左侧有一块正式的墓碑，在 600 万没有单独墓葬的死者的骸骨中，这是唯一一块墓碑。

有一本书讲述了名人的遗骨遭遇的不幸，其中有些甚至成为献祭的圣物。这本书的题词正是献给“**弗朗索瓦丝·盖兰，勒格罗之妻……地下墓穴中唯一有墓碑标识的死者**[①]”，多么恰当！

这位后来成为勒格罗夫人的女人，她的命运似乎从出生开始就与 18 世纪巴士底狱最著名的犯人之一——拉蒂德联系在一起。后者对这个强制的住所感到不满，因为他在过去的 30 多年一直辗转于同样“性质”的住处：文森监狱、沙朗通监狱和比塞特尔监狱。弗朗索瓦丝·盖兰生于 1749 年 4 月，就在她出生的当天，让·丹利（又被称作马泽尔·德拉蒂德）又被关进了巴士底狱的大门；二人的命运似乎就这样紧密相连。她嫁给勒格罗先生不久后，在圣安托万路发现了一封写给古尔戈法官的信，署名为“**马泽尔·德拉蒂德，一个先后被关押在巴士底狱、文森监狱，现在在比塞特尔监狱的囚犯，在地下 10 尺的囚室里吃糠咽菜**[②]”。从这一天起，她就不停地为让拉蒂德合法出狱而奔走呼告（拉蒂德已经逃过几次，但从不长久），她想尽办法，面见一些重要人物，向他们讲述拉蒂德的不幸命运。她最终如愿以偿，并且在 1784 年

① 克莱蒙蒂娜·波尔捷-卡尔腾巴赫，《骨的历史和其他著名器官》（副标题：“法国历史节选”），Jean-Claude Lattès 出版社，2007 年。——原注

② 《勒格罗夫人的献身》，A. 德拉威尔吉尔，载《工艺促进会年鉴》（1842 年，卷三）。——原注

获得了法兰西学院颁发的美德奖。该奖项是为表彰她的不懈努力，这份努力最终也获得了回报。

她的人形墓碑的铭文中大致记录了这段事迹。在奥斯曼改造巴黎期间，这块墓碑被竖立在地下墓穴中，纳达尔的相机记录了这个过程，使其成为“永恒”。这是世界上第一张拍摄于地下的图片报道。纳达尔的地下报道开始于1861年末，随后他还拍摄了一系列巴黎下水道的照片。

作为对皮埃尔-雷昂斯·安贝尔在《巴黎地下墓穴》中原样照抄的文章的补充，还应当引用卒年日期下方铭刻的8句韵诗：

> 可敬的女人在此长眠，
> 她挽救拉蒂德于牢狱之艰。
> 三十二载铁窗令您心生悲悯，
> 举世无匹的女人从此再无安歇。
> 三年奔走终使他脱离牢监，
> 全欧洲都对您交口称赞。
> 您的坚韧之心荣膺美德表彰，
> 后世之人定将永铭不忘。

这位逝者的名字上方还镌刻着一个花环；对她而言，这不是献给逝者的普通花环，而是法兰西学院所授奖项的象征。

秘密音乐会的“酒桶”

除了《大盗回魂》中描述的鼹鼠族的“寂静音乐会”之外，

地下墓穴藏骨堂中还回荡着其他音乐。最著名的一次演出在 1897 年 4 月 2 日举办，即 4 月的第二天，以免幸运的受邀人以为这只是一个愚人的玩笑。

音乐会的入口是如今位于雷米-迪蒙塞尔路的出口，这条路当时名为达罗路，更早的时候叫作地下墓穴路。从午夜到凌晨 2 点，这场艺术和音乐演出在受难地下室[①]和与之相连的隧道中举行。“**石柱上钉着烛台，烛台上点着蜡烛。为音乐家们准备的乐坛前摆放着一排排藤椅。**[②]”这个夜间秘密活动聚集了 100 多位上流社会人物（艺术家、学者和记者），它的举办是两名监管组织工人合谋的结果。不久，他们的劣迹就被发现，这个音乐会因“**丑恶且伤风败俗**[③]”而被取缔……但不久之后恢复如初。乐团的演奏者都是从歌剧院的艺术家当中招募的，演奏的音乐也十分适合这样的环境：有肖邦的《葬礼进行曲》，贝多芬的《英雄交响曲》，还有泽维尔·勒鲁根据埃斯库罗斯戏剧《波斯人》改编的芭蕾舞乐中的《赞美歌》和《葬礼进行曲》。此外，也有诗歌朗诵：M. 阿拉的《圣母颂》，M. 马尔利的《在地下墓穴》，最精彩的还是朗诵亨利·卡扎里斯的诗歌，圣桑根据他的诗谱写了著名的交响诗《死神之舞》。

> 嗒，嗒，嗒，死亡的节奏，
> 脚跟敲击着坟墓，

---

① 这里铭刻着耶稣基督在十字架上说的最后一句话，是他受难的证明：“*Consummatum est*——一切都结束了”。——原注

② 克洛德·伊兹内尔，《剧院男孩》，10/18 出版社，2010 年。——原注

③ 让·蒂利耶，《夏尔吕斯的梦》，Rocher 出版社，1995 年。——原注

死亡在深夜谱出舞蹈的韵律，
嗒，嗒，嗒，在它的琴弦上奏响。[①]

可想而知，在这场音乐会之后，为了最大限度地封闭这个空间，避免此类活动再次举办，人们在受难地下室的石柱周围堆满了骸骨，那里看起来就像一个阴森森的桶，这个装饰也因此得名“酒桶”。然而，这个狭小的地方只能使粗心的参观者心生疑惑，不明白 100 多人如何能在这里聚集……

直到距现在很近的时候，藏骨堂里还在举行这种聚会，但参加者中均没有媒体代表，以免活动在媒体上被曝光。有个相对较现代的例子这样描述道：“**我正在给军用面包片涂黄油，不知为何，就把这想成了一场在地下墓穴深处、在一大堆精心排列的头骨和胫骨中间举行的‘家庭舞会’。奇特的氛围促使我这样联想我所在的这个简陋的地方。**[②]”这就是为什么，如果你经常造访巴黎的采石场，它就会潜入你的脑海，在最意想不到的地方和最离奇的时间突然出现；正如米歇尔·西弗尔在“时间之外”所经历的那样，在彻头彻尾的孤绝和深入骨髓的寒冷中出其不意地闪现。

出口，回到生者的世界

参观结束后，人们就想回到上面，离开这个“属于另一时代

---

① 这四句诗也被克洛德·伊兹内尔作为《剧院男孩》（同前）的开场白。2014 年 6 月 28 日，这首诗在巴黎地下的太阳厅被再度朗诵。——原注

② 米歇尔·西弗尔，《时间之外：1962 年 7 月 16 日亲历者在斯卡拉松洞的经历》，René Juillard 出版社，1963 年。——原注

的死亡帝国”，重回“永生”的世界。走过“酒桶”，来到名为“伊苏瓦尔墓”的出口（这里是采石场），我们就到了“**地下墓穴里朝向达罗路大门的部分**[①]”。这个出口位于14区一条狭窄的单行道上，它并非入口，因为参观者走的是没有闭合的单向路线，这也使得少数才呼吸到新鲜空气的参观者迷失了方向。许多走在这条路上的行人（有的甚至是本地居民）也暗自疑惑，不知道这个普普通通的小屋里走出来的都是些什么人。“**——达罗路，克里斯托夫说。——那是什么？——出口。他向我解释道。参观者从广场进去，从那边出来。**[②]”

这个出口过去位于地下墓穴路（不过是在蒙鲁日，也就是郊区）上的一座小屋里，从未受到破坏，只是在道路立面整顿取齐时被一座后来建造的建筑包围在当中。1858年，在达罗路以时任蒙鲁日镇长达罗（1852年至1858年在任）之名命名时（即1860年1月1日郊区市镇并入巴黎之前不久），这座建筑被编为92号。第二次世界大战之后，这里的“邮政地址”更改为雷米-迪蒙塞尔路36号。这条路是为纪念阿翁镇镇长雷米-迪蒙塞尔，他是一名巴黎出版人，二战时期死于集中营。那时，这座“**和警察局在同一侧，但相对矮一些**”的副井也曾作为入口，今天已经很少有人知晓。我们即将经过的台阶顶端镌刻着的“深度”足以作为证明[③]；这个数字起初是以尺和寸度量，1795年后改为新创的米制……精确到小数点后4位，即十分之一毫米！但现在一切都已改变，这个警察局也不复存在。

---

① 阿尔努·加洛班，《小侦探》，同前。——原注
② 莫德·塔巴奇尼克，《某处死亡》，同前。——原注
③ 18世纪时，台阶的基座上刻的是“高度”，因为人们要经由这段台阶向上走。——原注

因此，人们今天从“**雷米-迪蒙塞尔路离开地下墓穴的世界，重见日光**[①]”。但这种情况不会维持太久。2016 年，将出口改至勒内-科蒂大街（旧蒙苏里公园大街）21 号乙的项目已经开始。“蒙苏里大街”是通往藏骨堂出口的路上能读到的第一条铭文。这次，这个圆环能否完美闭合呢？

① 泰斯·格里森，《命运的关联》，同前。——原注

藏骨堂外的其他景点

除了对游客开放的地下墓穴藏骨堂之外，采石场还有另一重独特的面貌。在地下派经常造访的地点里，有些已经盛名在外，其中有的是因为该地历史悠久，有的则要归功于近年来参观者络绎不绝的造访。虽然人们给地点命名就是为了便于区分，但这些名称也会随着时间的推移发生改变。更复杂的是，对于资历不同的地下派来说，同一个名称指代的可能是两个完全不同的地点。

“**……K厅、食品储藏室、城堡厅、海滩、矿藏室、查尔特勒修会泉、疯狂蘑菇厅或者德国防空洞，这仅仅是那些知名地点的名字，**”弗雷德说，“（……）**而对于那些地下派来说，玛丽-罗斯厅和冶游聚会厅才是真正受欢迎的地方。**[①]”食品储藏

① 让-皮埃尔·奥特，《重拾的欲望之谜》，同前。——原注

室与海滩[1]（过去曾被当作实验室）一样，都是地下采石场的一部分，它们曾经是两个老啤酒厂的酒窖。K 厅和城堡厅被地下派称为“贫民窟”，这是两处可以临时停留的空地，地下探险者中途可以在此休息。而矿藏室、德国防空洞和查尔特勒修会泉则理应扩大范围。

接下来，我们将共同探索上述部分地点，以历史为主线，但同时也关注作家们着墨最多的地方。

巴黎小环线铁路不再封闭！

“翻过这面墙，三人沿着一条陡峭、泥泞的路向下走，到达这条已经废弃的铁轨。[2]”

如今，巴黎的这条铁路俨然变为一片工业废墟，但在过去，由于与地下采石场相连，这条铁路一直是采石场的运输线路，即便在繁忙时段也是如此——这就是巴黎小环线铁路，简称 PC。小环线铁路有些路段建在高架桥上，有些在壕沟中，但也有一些与采石场巷道并列。在 14 区和 15 区，铁路与采石场巷道实际上在同一平面。后来，由于火车的发展，小环线铁路停止运营，布鲁塞医院下方的隧道里被成群的蝙蝠占据：它们甚至成了整个大巴黎地区规模最庞大的群体。**“信息工程师安德森·欧雷尚斯基对这些蝙蝠十分痴迷，他亲自在夜里进入巴黎小环线铁路隧道**

---

① 达里波·弗里乌，《旅游事故》，Seuil 出版社，2014 年。书中还提到另一个“海滩”，即科西嘉海滩。——原注

② 奥利弗·莫雷尔，《遇难者的祭坛》，Jigal 出版社，2013 年。——原注

中，上百只蝙蝠栖息在那里。[①]”

在巴黎小环线铁路（1867 年竣工）修建的过程中，施工方设计了诸多进入采石场内部的方案，以便能够对横穿 13 区、14 区和 15 区地下旧采石场的铁路定期进行稳固性检查：有些入口建在壕沟的墙板上，有些建在巷道的侧壁上、私人小教堂里。入口几乎均为平地建造，也有一部分须通过矿井的梯子进入。小环线铁路惯常的客运服务一直持续到 1934 年（当时地铁客流量过大，路线已无法正常运行）；1993 年，最后一辆列车[②]从小环线铁路上驶过。这辆列车后来由法国国家铁路公司保管，后者希望将这条铁路改造为城市货运专线。除了铁轨依然保留原貌之外，几栋候车大厅也仍然屹立。丹尼尔·佩纳克笔下堆满货物的冰库-让蒂伊车站从此只是遥远的回忆：“**斯托吉科维茨刚刚把客车停在蒙鲁日附近，离巴黎小环线铁路不远，在一个废弃的车站旁边。这只是巴黎周边诸多废址中的一处，在那里，已经死亡的事物还没有被即将诞生的事物赶尽杀绝。**[③]”

人们可以通过很多方式到达现存的巴黎小环线铁路，即使此举违反了法国国家铁路公司的规定，并将受到罚款处分（无论是使用铁轨还是改变其用途）。小环线铁路被一道“**破旧的栅栏围起来，似乎是为了阻止人们进入下方改造过后的铁路。翻过栅栏**

---

① 热罗姆·布西，《黑暗中的移民》，Belfond 出版社，2009 年。——原注

② 2012 年 1 月 18 日由法国铁路公司调动的几节车厢除外。当时，这几节车厢从军粮库隧道（位于 15 区）驶往 13 区的一处隧道，那里是列车的新车库。——原注

③ 丹尼尔·佩纳克，《步枪仙女》，同前。——原注

之后，他们沿着路堤上灌木丛生的陡峭斜面跑了下来[①]”。如果说这段文字似乎具有现代色彩，因为它反映了21世纪的现状，那么实际上，铁路的状况一直如此，正如雷奥·马勒细致描写那样：“**我发现栅栏上有一个缺口，就在医院大门旁边。我从这个缺口钻进去，向下一直走到铁路，穿过铁轨，来到这个吸引我注意力的地方。**[②]”没有什么比进入这片“空地”更容易了。“**夜幕下，废弃隧道的入口无情地吞噬着铁路沿线的黑影。巴黎将一切都揉进夜色中，不留一丝痕迹。**[③]”

然而，巴黎小环线铁路[④]只在14区采石场部分对外开放。知道如何从这个铁路入口进入13区和15区采石场的人无疑是幸运的。“**那些和我一样曾在老铁路的路堤上玩耍，一路走到沃日拉尔隧道的人都知道，在那个年代，人们总有办法进入丹齐格路的那个黑暗王国里！但是我得承认，我自己还从未进行过这样的冒险。**[⑤]”

这里的铁路有某种神奇的魔力，因为当人们走在上面的时候，就已经不在巴黎了。所以，如果可以选择这种方式作为巴黎地下空间的出口，这条绿色的环线就会像减压舱一样——与人行道上开放的出入口不同，那里至少有一段视觉缓冲区——让人在没有任何过渡的情况下，从安静的地下采石场回到巴黎地表喧嚣

---

① 阿图尔·泰诺尔和娜塔莉，《地狱护照》，Grasset & Fasquelle 出版社，2006年。——原注

② 雷奥·马勒，《蒙苏里的老鼠》，同前。——原注

③ 塞巴斯蒂安·卢迪，《乌鸦的悲伤》，Actes Sud 出版社，2011年。——原注

④ 在《地下墓穴》（2014年的恐怖电影）中，巴黎环城铁路就作为采石场入口：故事中的这些主人公在走进“一片伸手不见五指的地道”前，就在其中穿行。但是，为什么所有展现巴黎地下场景的电影都是恐怖电影呢？——原注

⑤ 克洛德·维莱，《巴黎人，牛脑子：一个巴黎人的美好回忆》，Denoël 出版社，2007年。——原注

的旋涡中心。**“现在是 8 点半；我们已经在地下度过了 10 个小时。 我们从环城大道旁边的旺夫门走了出来。城市飞速运转，令我筋疲力尽。**[①]**”**

于是，巴黎小环线铁路既可以是冒险的起点，也可以是终点，与儒勒·拉佛格在《流亡时代的悲歌》（1885 年）中所说的截然相反：

> 我永远不会去冒险；
> 在大自然里，它如此渺小呵，
> 巴黎环城铁路线！

海滩，巴黎地下被追还的神秘地点

“我们 4 个人首先要到海滩去。其他‘地下派’朋友正在那里等着我们。[②]**”**

巴黎地下确实有一处名为“海滩”的地点，这片区域因地面被大量细沙覆盖而得名。加之我们身处城市街道的下方，此情此景会令一些人想起五月风暴期间的著名口号“铺路石下是海滩”，只不过，此处的海滩是在五月风暴发生数年之后才出现的。但是，如果我们记得，在 4500 万年前，这里曾是一片

---

① 莱斯利和约翰-保罗·乐柏尔，《巴黎地下，拥挤不堪》，载《草原的回声》，第 14 期（新刊），1983 年 12 月。——原注

② 理查·波涅，《少年印第安纳·琼斯与辐射灯》，同前。——原注

“巴黎海[①]”而非如今的巴黎，也就是说，这里在史前时期就已经是一片海滩，那么我们就会发现，从“海滩”到“海滩”，巴黎地下的历史仿佛真的凝固了！

这片区域起初被开发为采石场，随后成为啤酒厂的一部分，再后来又为形势所迫被改造成一个防空洞。20 世纪 70 年代初，人们用沙土填平了这间厅室的一部分低矮空间。“老鼠队”是第一批有确切名称的地下派之一。到了 80 年代，他们因为采用了集体绰号而与众不同，更何况这个绰号又简单好记。加之他们在巴黎地下十分活跃，所有这些因素都给他们带来了不小的名气。而真正使这些探险者们名声大噪的，是他们在南城大网络的一面墙上再现了——受到地面工地上沙土的启发——日本版画家葛饰北斋最著名的画作之一《神奈川冲浪里》，《富岳三十六景》系列画作中的一幅。“老鼠队”的成员们还共同在南城大网络的其他地点复制了这幅画。在“海滩”，“老鼠队”同样留下了印迹——他们临摹了毕加索的《格尔尼卡》。

采石场里的这片“海滩”曾经由菲力啤酒厂——又称希望啤酒厂——使用，后来归属于卢克索啤酒厂。“食品储藏室”也有相似的历史：它位于原佳丽雅啤酒厂的地窖深处（在两位年轻企业家的努力下，这家啤酒厂近期重获新生），建造于这座啤酒仓库上方的住宅也沿用了这个名字。“食品储藏室”在战争期间也曾作为防空洞使用。

由于此地在 70 年代展开了成本高昂的压力灌浆加固工程，

---

① 地下墓穴博物馆展览的主题。该展于 2012 年 3 月 20 日开幕（延长至 2015 年 12 月 31 日结束）。——原注

地面上铺置了大量沙土，因此天花板变得更加低矮，“像一个盖子”，在“海滩”参观的游客经常与固定在天花板上的金属支架擦身而过，时刻都有碰到头的危险。**“突然，一阵剧痛令安德利亚头晕眼花，甚至浑身颤抖。他用手摸了摸头顶，发现手上满是鲜血。**（……）**他抬头看看天花板，立刻明白了原因。几根生锈的铁杆从拱门上方七扭八歪地垂下，刚好能碰到成年人的头顶，十分危险。在这里，稍不留神就可能被这些暗器刺穿。**[①]”

直到20世纪60年代，巴黎都拥有能够引以为豪的啤酒制造工业；整个城市约有10余个这样的啤酒公司。巴黎城区里最后一家啤酒厂是坐落在达罗路上的杜梅斯尼尔啤酒厂（原先位于巴黎13区的贩马市场路，因此公司的标志是一个马头）。该厂第一次搬迁首先搬到了14区一片采石场的上方，以便利用采石场空间拓展啤酒厂的地下面积至地上的两倍。此后，由于房产可用空间有限，啤酒厂最终搬到了塞纳河畔伊夫里（同时收购了竞争对手理查兄弟啤酒厂），这里的地下空间更加宽敞平坦。最终，杜梅斯尼尔啤酒厂被一家更大的法国啤酒公司收购，于1978年搬离了巴黎地区，自此，杜梅斯尼尔以独立品牌经营的时代宣告结束。这个法国品牌并没有从公众记忆中彻底消失，但是也仅仅存在于那些采石场或啤酒狂热爱好者之间了……而这些爱好者往往是同一群人！

---

① 奥利弗·莫雷尔，《遇难者的祭坛》，同前。——原注

蒙苏里公园

“那是贝尔纳。浑身酒气的他唤醒了埋藏在蒙苏里下方的地下墓穴。[①]**”**

这个位于巴黎南部的公园正好与肖蒙山丘公园（位于巴黎北部）遥相呼应，这两个公园都由拿破仑三世下令建造。彼时他刚刚结束在伦敦的逃亡生活，希望给巴黎市民提供他在英国首都逗留时十分欣赏的那种大型绿色公共空间。然而，这两处城中绿地都选址在旧采石场上方，导致公园的修建过程变得尤为艰难：肖蒙山丘公园地下是石膏采石场，因此地表起伏不平，而蒙苏里公园下方则是石灰岩采石场（令人想起亨利·布沙尔的雕塑作品《采石场事故》）。如今公园杂乱不堪的环境和园内景观都应归咎于此。

“著名”的塞纳河底走廊

有一个问题经常被人问起，就像海洋巨蟒之谜一样纠缠不休：塞纳河底是否存在一条以采石场为起点的走廊？答案显然是否定的。塞纳河水不断冲刷着河床，河底的石灰岩早已被侵蚀殆尽，这样的猜测不可能成立。

---

① 多米尼克·西尔万，《食人魔的消失》（罗拉·约斯特和英格丽德·迪塞尔所作的一项调查），Viviane Hamy 出版社，2007 年。——原注

不过，河底却有许多人工开凿的隧道，例如以前修建地铁 4 号线或近年来修建 14 号线时在河床下方打通的隧道，但这些都是混凝土工程。塞纳河底用于现代技术的联通线路有：

——一条铺设通信电缆的隧道；

——三条连接巴黎左岸和右岸的虹吸管道，用来输送巴黎南部的污水，以保证巴黎城内的所有废水都能流向城市西北部的阿谢尔污水处理厂。但是，除了试用期的潜水员，谁愿意冒险进入这些满是污泥的废水管道中呢；

——当然，还有几条地铁线路：4 号线、7 号线、10 号线、12 号线、13 号线、14 号线以及大区快线 B 线。

波拿巴路和其余入口

“**我们需要从神学院小巷上的金属门进去。就在波拿巴路尽头、卢森堡花园对面的那个小广场。**[①]”这个地方是南城大网络北边的分界线，但实际上，真正的 punctum septentrionalissimum ille catacumbis[②] 在梅兹耶尔路。

“**他们打开了一扇低矮的门，门就开在小广场下方的承重墙上。他们从门内的螺旋台阶鱼贯而下，一直来到地下深处。**[③]”在小路另一侧正对着这扇门的位置，有一尊优雅的女性雕像，她端坐在长椅上，好像始终在等待一个慈悲的灵魂邀请她去看看“这座耀眼城市的地下风尚”。

---

① 雅克·萨杜尔，《七张面具》，同前。——原注

② 拉丁语，意为“地下墓穴最北端”。——译者注

③ 瓦西利斯·阿莱克萨基斯，《希腊儿童》，Stock 出版社，2012 年。——原注

“**我和其他人同时发现：**‘铁锅路（波拿巴路）与沃日拉尔路交口，日落一侧’，**‘波拿巴’这个名字很明显是后来加上去的。**（……）**又往前走了一段路，我们经过了一面墙上的铭文：**‘西街，南侧’。——**这是阿萨斯路的旧称**[①]”，这条路于 1868 年开始使用现在的名称，以免与另一条名为“西街”的路相混淆，后者与维钦托利路平行，也位于巴黎左岸，不过是在 14 区。

位于波拿巴路上的门是罕见的仍存在于巴黎公共街道上的采石场入口之一，而且至今还在使用。其余的门只能通向无人地

① 雅克·萨杜尔，《七张面具》，同前。——原注

带，或是不再与采石场直接相连，有的甚至已经永远消失在首都的街道路网之中。仅存的这几处入口中，有一处位于蒙苏里公园蓄水池的围墙内，另一处在蒙帕纳斯公墓的围墙里（还有一处在茹安维尔勒蓬，即原先的塞纳省）；而安德烈里瓦尔大街、雷耶大街以及罗萨莉修女大街上的入口都已经成为历史，但依然是人们“记忆中的珍藏”！正如位于雷迪昂路上与吉奥丹诺-布鲁诺路交口处的那口副井，外面有一间小屋和一扇铁门，门上“**生锈的合页发出吱吱嘎嘎的金属响声。**（……）**最里面是一个类似下水道入口的地方，他看到靠近外侧的地方有几根**（锈迹斑斑的）**铁梯子的扶手**[①]”。

从菲利贝尔之谜到阿斯帕尔的真相

1793年的一天，具体来说是11月3日，即恐怖统治期间，圣宠谷修道院的看门人失踪了。直到1804年4月30日，人们才找到他的踪迹，但彼时他已化作一具骸骨。人们将他就地安葬，并在那里为他建了一座纪念碑。这段历史的诡异之处在于，此事从头到尾都发生在如今的圣米歇尔大道下方20米处的旧采石场内，在两个古老的宗教团体——深谷本笃会修道院和查尔特勒修会的地盘之间。

纪念菲利贝尔·阿斯帕尔

1793年11月3日

---

① 阿图尔·泰诺尔和娜塔莉，《地狱护照》，同前。——原注

在此采石场内失踪。

十一年后

即 1804 年 4 月 30 日

遗体被发现并被安葬于此

直到最近，这座墓碑上的铭文仍然是唯一得到证实的历史文献，这足以打消一些人对此事真实性的怀疑。不过，虽然铭文显示埋葬死者的时间为 1804 年，但可以肯定的是，这座墓碑后来才竖立在这里，因为墓碑的简图[①]就画在对面的墙壁上，而这面墙是 1810 年才修建的。

第一位将菲利贝尔·阿斯帕尔写进小说的作家是埃利·贝尔泰。在《巴黎地下墓穴》一书中，他这样写道：“**我只下去过一次，**（菲利贝尔·阿斯帕尔）**反驳道，这是一次艰难的任务，因为足足有 100 多级台阶……我赶紧爬了上来。**”

即便圣宠谷修道院（不久之前变成了军医院）的看门人菲利贝尔拥有每栋建筑的钥匙，他也绝不会有通往采石场的那一把，因为这把钥匙由圣宠谷采石场的看门人洛尔迪耶保管。这些看门人专门负责“监视采石场的情况”，他们的工作就是早上打开通往地下的大门，晚上再关上，并且要时刻紧盯采石场的入口，防止不法分子或者迷路者闯入其中，因为那里只有采石场工作人员和地下施工队的工人可以进入。但菲利贝尔却在好奇心的驱使和黑暗的召唤下，走上了这条致命的旅途。

---

① 简图是以 1 比 1 的比例给工人绘制的建筑图样。简图必须“简”，以便辅助施工。——原注

详细记录菲利贝尔失踪和遗体发现过程的文件肯定存在过，但至今都无法找到，就连能够证明他死亡的警察局报告都踪影全无。但是一位“女地下派[①]”经过不懈努力和艰苦查证，发现了一份“死亡证明登记簿的副本”，这份文件来自1871年巴黎市政厅着火之后重新整理的民事登记册。该文件不仅证实了菲利贝尔·阿斯帕尔的身份，也显示他已婚，而他的遗孀米亚尔直到1804年仍然在世。这份意想不到的文件为菲利贝尔恢复了身份，在此之前，有人无论如何都试图对其进行质疑，甚至怀疑他本人和他的家庭是否真实存在。至少，一个家族——阿斯帕尔一家（现拼写如此[②]）找到了一位神秘失踪的家庭成员。阿斯帕尔一家由此发现，菲利贝尔始终受到一群人的尊重，尽管这些人可能是边缘群体，但他们信守承诺。

然而，死亡证明的发现带来了新的问题。既然菲利贝尔的身份在他的尸骨被发现时就已经确认，而且人们已经知道了他的妻子，为什么还要将他埋在巴黎地下，而不是葬在一座公墓里呢？抑或他的尸骨根本没有被葬在地下墓穴藏骨堂，人们只是在他的遗体躺卧的地方立了一座简单的纪念碑，也就是一个衣冠冢？如果这是一具没有身份的骸骨，就会直接被送往藏骨堂。最重要的是，不把尸体安葬在地上的公墓肯定会带来后续问题：墓地毕竟是亲属吊唁死者的最佳场地，菲利贝尔的妻子当时不可能进入巴黎地下看望丈夫——墓碑落成的那一天或许

---

① 维吉尼·帕里尔，是这位女性发现了这份历史文献，为本不应产生的论战画上了句号。——原注

② 菲利贝尔·阿斯帕尔的法语名写作 Philibert Aspairt，后来，阿斯帕尔家族的姓氏由 Aspairt 改为 Aspert，故有此说明。——译者注

除外。

最后，值得一提的是，仿佛命中注定一般，在菲利贝尔失踪的那个星期日，也就是 1793 年 11 月 3 日，法瓦尔路上的国家喜歌剧院正在上演《卡米耶，或地下城》。而仅仅两天之后，也就是 1973 年 11 月 5 日星期二，《马拉在地下城，或 8 月 10 日[①]》在该剧院的首演。

阿尔克伊引水渠和它的地下世界

“（……）**玛丽-奥德曾听说阿莱西亚-蒙苏里规划发展区的墙堤下方仍存在两条引水渠的遗迹。其中年代更久远的这条建于高卢罗马时期，名为‘卢泰西亚水渠’，是国家保护的考古遗产。另一条水渠则是在亨利四世时期修建，用于向玛丽·德·美第奇的宫殿，即后来的共和国参议院所在地引水，但如今这条水渠已面临被挖土机拆毁的威胁。**[②]”

这条水渠修建于 1613 至 1623 年之间，它将水源沿着罗马时期的水渠路线输送到巴黎市区，因为两条水渠的采水源头相同；这两条水渠的水都储存在距巴黎 12 公里外的兰吉斯镇上的水塔里。这条水渠只向玛丽·德·美第奇的宫殿和巴黎几处喷泉供水，因此后来在由贝尔格朗实施、省长奥斯曼男爵监督的下水道工程中被蒙苏里蓄水池取代。自 1874 年竣工以来，它一直是全球最大的饮用水蓄水池。

---

① 据《法国公报》或《环球导报》报道。——原注

② 迪迪埃·戴南克斯，《地狱的隧道》，Denoël 出版社，1998。——原注

水渠高架桥是横跨比耶夫尔河谷进入阿尔克伊镇[①]的必经之路，这座桥于1991年被列为历史遗产，马恩河谷省内的那部分全线受到保护。尽管如此，这条水渠的巴黎段却并没有得到相同的待遇。为此，在1996年，无论如何都希望瓜分阿莱西亚-蒙苏里规划发展区的人和不惜一切代价保护引水渠的团体之间展开了一场斗争，后者想要保护这条自17世纪就为巴黎供水的水渠[②]，但这无异于以卵击石。

几近于空中楼阁的蒙苏里蓄水池

蒙苏里蓄水池，又名“蒙鲁日蓄水池”（蓄水池有四部分：上下两层各一个，每个蓄水池又被分割成两个小水池[③]），是为巴黎提供饮用水源的蓄水池之一。城市建筑里的水龙头分流原理与蓄水池的供水原理相同，只能依靠重力完成，因此这个蓄水池修建在这座名为“蒙苏里”的小山丘上，只能给海拔极低的区域供水。但是蓄水池的选址给施工带来了问题，因为下方就是一片旧采石场，几乎占据了整个14区的地下空间。为了修建这座几近悬浮在采石场上方的蓄水池，首先要在采石场内搭建1800个台基，必须严格与将要修建的1800根蓄水池石柱垂直。然而，这两个蓄水池重叠在一起，每个水池都需要1800根石柱，上层和下层的石柱也必须严密对接；于是，采石场上方最终搭起了

---

① 该镇的名称正是来源于“美第奇”引水渠之前的罗马引水渠桥的桥拱。——原注

② 至于巴黎采石场上方的部分，菲利普·拉波尔特在他重要的著作《美第奇引水渠：兰吉斯镇与卢森堡宫之间的地下空间——历史与当代之旅》一书中作了详细的描写。地下知识与文物修复组织（OCRA），1998年。——原注

③ 上层蓄水池的容量比下层略小。——原注

3600 根石柱。

整个蓄水池系统最多可以储存 30 万立方米的饮用水，即 30 万吨，我们可以想象，进入地下墓穴参观的游客头顶上竟然悬着这么多水。不过，这些水仍然比同等体积的土要轻得多。

从光明的世界进入暗处，在到达下层蓄水池的环形路①之前，需要穿过一条人工山洞，这里栖息着一批水生动物，住满了它们的幽灵。其中就有鳟鱼——从前，人们在这里饲养鳟鱼以检测水质（这种鱼对于极轻微的污染都十分敏感，但是随着当今分析方法的进步，这种“鳟鱼检测法”已经成为过时的风景，只能存在于回忆之中了）。“**我们在距您只有两步之遥的水族箱里找到了它，这个蓄水池建在一座采石场的上方，采石场与地下墓穴相通……**②”内斯托·布尔玛如是说。不过，在这些岩壁的缝隙里，仍然隐藏着蝾螈和黏土层里的钻地蛙。

上层蓄水池的入口就有些曲折了。“**到达第二个蓄水池之后，我们沿着一架铁梯子爬下来；如果想要在这清澈的水面上泛舟游玩，只需登上一艘小船，点燃一根火把，就可以沿着这条地下隧道开始一段奇幻旅程。但是这段旅程也有危险：小船可能会在水中倾覆，使落水者陷入一片黑暗之中，迷宫般的支柱不会给他提供任何可以攀附的地方。因此，多数人会放弃寻找这种乐趣。**③”

---

① 下层蓄水池在修建时就已经是当时世界上最大的饮用水蓄水池，因此这条绕水池一周的环形隧道也在规划之中，以便在隧道上方能够看到水。这样就可以邀请世界各国的工程师和名流来此参观，展现法国的科技和技术实力。——原注

② 雷奥·马勒，《蒙苏里的老鼠》，同前。——原注

③ 路易·费吉尔，《科学和工业进步之年》，Hachette 出版社，1877 年。——原注

蒙帕纳斯和蒙鲁日公墓

“昨天的凶杀案发生在火车站的寄存处……被害人生前曾清理过一条径直通向地下墓穴的隧道。[①]” 这里所写的是蒙帕纳斯车站，因此所谓“地下墓穴”实际上就是采石场，更准确地说，是蒙帕纳斯公墓地下的采石场，那里也埋有大量的头骨和骸骨。“**我花了很长时间才注意到公墓里没有树。‘这很正常，因为我们是站在过去的石灰岩采石场上面。’**[②] ” 瓦西利斯·阿莱克萨基斯小说中始终在地下挖凿的几个“灵魂人物”之一如是说。他的全部故事都发生在这座公墓下方的采石场里。

巴黎南公墓又称蒙帕纳斯公墓，于 1824 年 7 月 25 日开放并取代了沃日拉尔公墓（位于 15 区），后者此前曾替代被圣马塞尔大道一分为二的圣凯瑟琳公墓。采石场监管官吉约莫就被安葬在圣凯瑟琳公墓。后来，此地逐渐废弃，他的骸骨则被运往藏骨堂。

南公墓供巴黎左岸人民使用（当时巴黎只有 12 个区，其中 9 区、10 区、11 区和 12 区在左岸），和同时代修建的两处新公墓一样（东部的拉雪兹神父公墓和北部的蒙马特公墓），当时这里也对外开放。1847 年，公墓面积扩大至原先的两倍；1890 年，伽桑狄路的延长线埃米尔·理查大道修建完毕，一直延伸至蒙鲁日

① 纪尧姆·普莱沃，《毁容者的华尔兹》，Nil 出版社，2010 年。——原注
② 瓦西利斯·阿莱克萨基斯，《从前》，同前。——原注

大道（今埃德加-基内大道），蒙帕纳斯公墓由此被分成两个区域。

公墓下方有6个骸骨洞穴，分布在两层采石场的巷道中（类似于蒙鲁日、维特里和凯姆兰-比塞特尔公墓下方的“地下墓穴”藏骨堂）。这些骸骨当初被从副井里扔进去，但是，与摆放整齐的丹费尔-罗什洛不同，这里只是一处“仓库”，并未被列入开放参观的计划。其中一处藏骨堂位于四条巷道交会处的圆形大厅里（也就是说，有八条巷道从这一点向外辐射），被地下派称为“死人路口”。藏骨堂的这个绰号不仅出现在一些地图上，还被让-吕克·比奇安写进了小说里[①]。这个地方似乎还有另一个名称，但较为罕见，叫作“胫骨圆形大厅”。

蒙鲁日公墓的大门紧挨着这座郊区市镇的城门。墓园位于巴黎城范围内，但不属于巴黎管辖。蒙鲁日的地下墓穴与蒙帕纳斯相同，都位于旧采石场地下，二者的建设初衷一致，就连遭受的惩罚都如出一辙：**“蒙鲁日那边有骸骨，许多人类的骸骨。**[②]**”** 土地变得 **“既柔软又坚硬，既紧密又稀松，坚实而又不坚固，然而这里的土地曾经既不坚硬，也不稀稠，更不会泥泞不堪，而是干燥，松软。（……）倒进去的是蒙鲁日公墓的骨头，这是公共墓坑里年代最久远的骸骨**[③]**”**。和蒙帕纳斯地下藏骨堂一样，这座可以从南城大网络巷道[④]进入的藏骨堂也十分脏乱。这里没有

---

① 让-吕克·比奇安，《让黑夜降临，让钟声敲响》，10/18 出版社，2012 年。——原注

② 让-巴蒂斯特·埃韦特，《无头女人街》，同前。——原注

③ 丹尼尔·佩纳克，《步枪仙女》，同前。

④ 在公墓下方还有一片独立的部分。——原注

“丹费尔-罗什洛地下墓穴那样精心布置的藏骨堂，没有排列整齐的漂亮头骨或者按尺寸码放的胫骨，一概没有。这是一座真正的、野蛮而凌乱的地下墓穴（……）凝固的泥浆里裹着支离破碎的骨头，偶尔有一条股骨从泥里露出一角，隐约揭示着人类的痕迹[①]”。

从深谷到圣宠谷的深处

“一座约两米高的亭子依墙修建，平顶，有一扇木门。许多年前，亭子的石墙应当是被粉刷成了白色。在亭子的一侧，有个一人多高的圆形入口，将黑暗吞没在其中（……）穿过这个门洞之后，她感受到一股微风和一丝属于人类的气味。古德辛斯基打

① 丹尼尔·佩纳克，《步枪仙女》，同前。——原注

开了这扇没有吱呀作响的门。一段通向黑暗的石阶出现在眼前。他打开了头灯。[①]”

这座小亭子是圣宠谷中一条名为“芒萨尔”的楼梯的外部建筑，但是这个入口并非这位建筑师的手笔，因为它自“小波旁宫”建成的时期就已经存在；这座亭子有时也被人称为“吉罗姆亭”。

圣宠谷修道院是依奥地利的安妮[②]的心愿修建，她承诺将在成为人母之后修建这座教堂。修道院最早属比耶夫尔·勒夏特尔镇管辖，后归深谷本笃会管理。吊诡的是，正是这次管辖权的转移使得修道院在法国大革命期间免遭破坏。因为在 1793 年 7 月 31 日，圣宠谷修道院被用作了军事医院……直到今天，它仍然是军事健康服务技术学校的所在地。

教堂下方的地下采石场在 1990 年被全部列为历史遗产，其中包括采石场里的指示标志。标志与建筑的一致性令人惊讶：18 世纪时的地下标志至今仍完美对应着地上的教堂建筑，因为这座旧时的宗教建筑被奇迹般地完整保存下来。地下还有“**和玛土撒拉一样古老的碗碟碎片**[③]。**没人知道它们是如何出现在这里的**[④]”。或者更确切地说，这堆碗碟可以证明，在地上的军医院被拆毁时，采石场曾经成为倾倒废物的垃圾场。一些陶器碎片上还有“HM”的字样。一些人还曾经捡走这里的物品来丰富自己的“地

① 大卫·梅萨热，《第 122－1 条》，Les Escales 出版社，2013 年。——原注

② 法国国王路易十三的王后，路易十四的母亲。——译者注

③ 玛土撒拉，《旧约》中记载最长寿的人，活了 969 岁。因此他的名字常被用来指代古老的事物。——译者注

④ 皮埃尔·吕卡斯，《沉没》，同前。——原注

下墓穴收藏”，例如被遗弃多年的 X 光片，直到军队决定对这些杂乱堆放的物品进行清理，这种行为才销声匿迹。

菲利贝尔·阿斯帕尔的离奇命运正是由此展开。他走下采石场时经过的是这里修建的第一段台阶。这个入口可以追溯到 17 世纪，芒萨尔曾经借助这条台阶在圣宠谷教堂下方搭建石柱用来加固建筑。但是，尽管弗朗索瓦·芒萨尔是这项地下工程的负责人，比吉约莫还早一个世纪，但他终究没能参与地上建筑的建设。在花光了全部的教堂修建经费之后，芒萨尔无法再继续讨好他的出资人，只好欣然让位于索邦大学的建筑师雅克·勒梅西埃。

Z 厅，聚会的代名词

“他们从一个大口袋里拿出十几支蜡烛，插在游泳池、 Z 厅和连接这两处集会地点的隧道里。①”

圣宠谷教堂地下的空旷区域附近还有另一个令人称奇的地方，这里的高度惊人（4 米），在巴黎可谓十分罕见。这是人们在地质学之家（克洛德-贝尔纳路 77—79 号）下方修建防空洞时清理出的采石场空间，不过这是 1944 年 4 月才发生的事。这里有 2 道螺旋台阶（最初的设计是 3 道台阶，但是巴黎的解放稍许打乱了这个计划），内部的高度和宽度在其他地方都绝无仅有。另

① 埃莲娜·克里耶和伊芙·勒努瓦，《塞纳河上的切尔诺贝利》，Calmann-Lévy 出版社，1987 年。——原注

外，由于距圣米歇尔大道上的入口（这是另一条环形台阶，曾经被当作蒙田中学里德国防空洞的紧急出口）只有几步之遥，Z 厅成为 80 年代许多聚会的举办场所。最近仍有活动在此举办，其中就有第一届“地下老人节”。

Z 厅名称的来源很简单，就是字母 Z。美术学院的学生用这个字母指示聚会路线，这可以说是他们的发明：les Beaux-Z'arts，les Z'Arts[①]！可不要把它们与“Zarts”“GadZarts”相混淆，这是法国国立高等工程技术学院学生的代号，这所位于巴黎的高校也有自己的地下派小分队。

马翁港（小道上）的采石场

“在一条隧道里，我被一道阻隔藏骨堂入口的栅栏挡住了。隧道里有一块路牌，上写着‘马翁港小道’。[②]”

前文已经多次提到过马翁港采石场，因为这里在过去是地下墓穴参观线路的一部分，要参观藏骨堂，必须先经过这里；从知识普及的角度来看，马翁港采石场向人们展现了地下采石场的真正样貌，人们可以亲眼见到地下墓穴修建之前的景象。

时至今日，新闻媒体仍然不时对此地进行报道，因为地上的一项房产计划威胁到了采石场的完整性。然而，早在 19 世纪，

---

① 法语中“美术”（les Beaux-arts）和“艺术”（les arts）两词中均有辅音/z/联诵现象，读起来与“Zarts”类似。因此美术学院的学生利用这一文字游戏给此地命名为“Z 厅”。——译者注

② 让-巴蒂斯特·埃韦特，《无头女人街》，同前。——原注

许多人就被这里的魅力吸引，甚至近乎狂热，这也给当时的行政部门带来不小的压力。

譬如，1874 年 2 月 1 日凌晨 2 点，“**一名巴黎地下墓穴部门的采石工**（在炼狱广场城栅工作）”马塞兰在炼狱广场上被抓获，附近的警察周围还有约 25 名与他同行的人[①]。他们刚刚在这名采石场监管组织看门人的引导下从地下墓穴闲逛后出来。但是，对于这名违章者来说，最严重的问题是“**涉嫌通过组织此活动牟利**”，他也承认其他人为参加这次秘密探险向他付了钱。“**马塞兰先生和其中几个年轻人关系较好，他们自称是一个合唱队的成员，希望能够到采石场里去合唱**（……）。**不过还应当注意，有一件事或多或少减轻了马塞兰先生的罪行，那就是这一行人并没有走进藏骨堂，因为那里大门紧闭，只有采石场总监管官**（当时由爱德华·德科特担任）**和签字工程师**（奥克塔夫·克雷，后成为总监管官）**手中有钥匙。另外，通过‘地下墓穴’一词也并不能看出巴黎地下存在采石场**”，这显然表明，当时的人们很容易就能从丹费尔进入马翁港采石场。这名采石场监管组织的员工只需交纳 20 法郎的罚款并被部分扣除 3 个月的薪水，不仅因为他承认了事实，“**表现出最大的懊悔**”，还因为“**不应当夸大他犯下的错误。采石场不是一个不可侵犯的地方，肯定不是。蘑菇种植者经由矿井随意进出其中；巴黎部分地产主也是一样。所以，协助他人进入采石场参观这类错误可以仅仅被看作是违反了工厂车间的规章制度**”。虽然他是“圣殿的守护人”……

① 资料现存于巴黎城市历史图书馆手稿档案中。——原注

加尔默罗修道院的地下室

“我确定他们打开的是那扇老门。他的妻子看了他一眼，十分惊讶。——那扇老门，马克勒又重复了一遍，她下去了……当我对这里的主人说起这扇门时，他告诉我那扇门是封闭的。[①]”两位作者在这一章的引言中详细说明了这次行动是“**如今**（在）**巴黎5区皮埃尔-尼克尔路**”进行的。跟随他们的脚步，我们就进入了巴黎这处古老的礼拜圣地。

从一座现代建筑的地下停车场出发，我们可以深入到公园下方10余米的位置，但是还未到达此地的采石场。不过，我们已经到了巴黎的源头——并非如今这些建筑的地质学根源，而是巴黎天主教徒最初的礼拜圣地。我们进入了一间既现代又古老的地下室，因为这里是原加尔默罗会于1604年修建的第一座降生修道院。后来，这座修道院在大革命期间被摧毁，它所在的地皮也被瓜分。从前，圣宠谷路和皮埃尔-尼克尔路从这片区域穿过，而修道院就位于东街（今圣米歇尔大道附近）和丹费尔路（基本对应今亨利-巴尔比斯路）中间。圣宠谷路于1797年开放。

1802年，几名加尔默罗会修女还是来到这里安顿下来，并整修了修道院的地下室。地下室于1855年重新投入使用，1895年再次翻修。然而，在1907年，这里最终还是被关闭，随后遭到摧毁。1962年，考古工作者在此地进行发掘，发现了14个墨洛温

---

① 埃里克·贾科梅蒂和雅克·拉文纳，《第七名圣殿骑士》，Fleuve noir出版社，2011年。——原注

王朝时期的石棺和古老的中世纪加尔默罗会教堂的遗迹。这座教堂被称为圣母德尚大教堂。大革命期间，在公民巴泰勒米的领导下，从前的加尔默罗女子修道院被改造为火药和硝石制造厂，教堂则被拆除殆尽。

走在圣雅克路上，可以看到路的右侧、即圣宠谷对面的人行道上镶嵌着这样一块纪念牌：“加尔默罗修道院荣誉门，建于17世纪（1925年被列入历史建筑补充名录）”。如果透过镜面一样的、只能反射出我们自己的玻璃窗（圣雅克路286号）仔细观察，就能依稀辨认出建筑里面一条砖石铺就的华丽门廊，这是修道院少有的保存至今的遗迹，而且从街上就可以直接看到。想象一下吧，当您站在地面上读着铭牌上的文字时，在您脚下20米深的地方，或许正有一群地下派从其他纪念牌前走过，与您遥相呼应：“加尔默罗修道院隧道”“加尔默罗泉”，不过这些牌子的历史要追溯到18世纪。

嘉布遣会旧采石场（科尚医院）

“这个入口从前是嘉布遣会修道院的入口，后来这里被改造为医院，即南部医院。人们需要得到特殊许可才能进入医院，因为这里只接收男性性病患者。[①]”

17世纪时，嘉布遣会修士来到巴黎附近安顿下来，与那些在未来的巴黎6区及14区占有大片绿地的其他宗教修会为邻。这片地区聚集了圣于尔絮勒会、斐扬派、圣母往见会、奥拉托利会、英国本笃会、深谷本笃会、加尔默罗会，还有稍远一些的查尔特勒修会。1780年，雅克-德尼·科尚[②]院长为嘉布遣会买下三栋房屋，为了建造一处接纳穷苦人的收容所。采石场的工人们见证了这段历史：如今这座医院几乎一落成就采用了创始人的名字，因为在医院落成一年之后，即1783年，科尚就与世长辞。

医院下方的采石场于1990年被列入历史建筑名录，更确切地说，是采石场中一口有刻度的水井获此殊荣。这口井修建于19世纪初，是为检测地下含水层的水位变化：“**嘉布遣会泉，包括位于原嘉布遣会初修院正下方的最低水位刻度及其工程详图（……）如今在医院地下。**[③]”

---

① 阿莱克西斯·雷加耶，《希波吕忒·维尔内的秘密手册》，Le Masque出版社，1994年。——原注

② 在一些刊物当中，他的名字也写作让-德尼。——原注

③ 1990年7月8日决议——发表于1991年4月22日星期一和23日星期二的《政府公报》。——原注

自从一个名为“老地下派”的组织负责了此地的维护工作并拥有管辖权后[①]，这座医院地下的采石场就成了一个不容忽视的历史参照物。“**藏骨堂、马翁港采石场、医院……我们最耀眼的成就……（就是）医院。**[②]”这里只需简单申请即可入内参观，但得支付一定费用，因为此地在1984年就与南城大网络的其他区域分隔开来，目的是防止遗迹遭到损毁，并且阻止某些不法分子破坏文物。从前，这里是整体采石场的一部分，人们可以从科尚医院的入口直接出入其中。

那时，人们可以从这里进入采石场，再从另一个出口出来，整个过程畅通无阻，反之亦然。科尚医院位于圣宠谷军医院旁，这里的实习医生和主治医生也是早先的地下派，他们在地下采石场巷道里上演了一出闹剧。为了能够保持行动的隐秘性，他们在地下穿行，打算偷来对手医院在开餐时敲响的标志性大钟，在实习医生的舞会上展示[③]。令这些实习医生小有名气的除了他们的休息间和他们放纵的欢庆活动之外，还有他们能够举着火把成群结队地进入采石场巷道，有时还来一场地下聚餐。

但是“最令人震惊”的还要数实习医生带领经常参观地下墓穴博物馆的游客误入歧途。莱尔米特教授讲述了这件事，当年，他也是科尚医院的实习医生[④]。那一次，一名实习医生乔装成向导，带领30多名荷兰游客从医院的入口进入市藏骨堂参观，而后带他们偏离了常规的游览路线。整个队伍在走错了一小段路之

① 嘉布遣会旧采石场研究与整理组织（SEADACC），科尚医院，巴黎圣雅克镇路27号，75014。——原注

② 马克斯·布鲁克斯，《僵尸世界大战》，Calmann-Lévy出版社，2009年。——原注

③ 《14区新报》，（1985年4月—5月，第8期），署名乔维斯。——原注

④ 帕特里克·巴卢尔，《实习医生休息间或神的快乐》，同前。——原注

后，终于来到圣宠谷的台阶，在那里重获自由。在这段时间内，危险警报已经拉响，警察和消防员彻夜寻找失踪者。荷兰大使馆在了解到这场骚乱之后，起诉了科尚医院的实习医生管理处，但这场官司最终不了了之。

天文台的地窖

“他指给他们看，这个小圆坛中心就是天文台地下室的入口。[1]”

在天文台的修建过程中（1667 年至 1672 年），人们意外发现了当地旧采石场的存在，面对这个难题，他们必须想办法对其进行加固。这与同一世纪修建圣宠谷教堂时遇到的问题如出一辙（采石场监管组织还要等到 100 年之后才成立）。人们巧妙地将地下这片空旷场所用作科学研究，“天文台地下室”这个有误导性的名称也从那时一直沿用到了现在：这里可以用来储存粮食和水果，校准温度计，研究身体坠落时的情况，研究压力，利用一口通向地面的矿井进行天文观测，另外，到了 20 世纪，这里还成为国际时间局的所在地，因为可以进行“电话报时”。

路易-塞巴斯蒂安·梅西埃在其作品《巴黎的画卷》中描写了一个“吹牛的门卫”，此人的地下徒步旅行就是从这里开始。18 世纪时流传的巴黎导游手册中就已经有了广告，编者通过耸人

① 让·蒂利耶，《夏尔吕斯的梦》，同前。——原注

听闻的内容来吸引游客的兴趣。

地窖位于地面之下28图瓦兹[①]的位置，可谓十分稀奇；如果没有照明设备和随行导游，进入地窖会十分危险：曾经有两名嘉布遣会修士下去了，8天之后，人们找到了他们的尸体。二人的双臂都被撕扯得血肉模糊，最终死于饥饿和绝望。这或许能够阻止那些冒失鬼不带照明设备就进入地窖。修士们走下去时的确点着火把，火光照亮了这两名外来者；但是当他们走到台阶底下，火把熄灭了，并且再也无法点燃。于是他们就迷失了方向。

地窖的台阶呈螺旋式，共有360级；台阶中央是空的，里因此形成了一口井，井底有一点亮光。这片开放的空间可以用来测量人体在坠落时获得的每一级加速度。

这座地窖十分庞大，其中的小路错综复杂，宛如迷宫，上方还有采石场自身形成的天然拱顶。在其中一间地窖里，流经岩石的水会钙化。

人们在两个小洞里利用温度计和磁针的指向测量温度层级，原理与罗盘相同。

——《如今的巴黎》（又名《外乡人在巴黎》），1787—1803年出版。

① 法国旧时长度单位，1图瓦兹相当于1.949米。——译者注

查尔特勒修会泉，和附近的德国防空洞

我们在谈到菲利贝尔·阿斯帕尔的离奇死亡事件时，已经提到了查尔特勒修会泉。阿斯帕尔的死亡原因令人捉摸不透，人们最终在一块刻有“在查尔特勒修会墙下”的铭牌附近找到了他的尸骨，准确来说，是在地下一道分隔宗教区和市政隧道的门前。

查尔特勒会修士们拥有一处可以被称为“采石场地窖”的地方，他们在那里酿造啤酒和查尔特勒酒。除此之外，地下还有另外一个本不该属于他们的遗产：一方刻有最低水位记录的泉水。与科尚医院、天文台十字路口以及圣母德尚路 73 号（也是二战时期蒙田中学德国防空洞的出口之一）下方的泉水一样，这处泉水的内壁上也画有刻度表，用于监测并跟踪含水层的水位变化。泉水位于原查尔特勒修道院的正下方，1810 年由埃利卡·德图里整修。修士们早在恐怖统治时期就已经纷纷逃生，因此这座修道院已经荒芜多年。

在距离泉水不远的采石场一角，有一处用石墙和充填物堆起的地方也属于查尔特勒修会，这里堆满了从修道院拆下的窗棂。当然，一同从地面上运来的还有沙土和其他填充物。这里成了一处意料之外的巴黎地下遗迹。

如今，这里实际上是从前地上医药学院的工作人员和学生修建的防空洞。这个民用防空洞就在“德国防空洞”旁边，后者是德国空军司令部所在地。

与医药学院相邻的蒙田中学曾被德军征用，这里的地下防空洞也由占领者重新使用，并且写上了一些德语指示：Ruhe、Rauchen verboten、Notausgang、Krankenrevier、Entgiftung 和 Hinterhof①。这些内容总是会引起不明真相者对德国虚幻的反感。

一间（许多间）矿物陈列室

“岩石上开凿的一条台阶（……）但是我把灯举高，却看到台阶不通向任何地方，而是延伸到天花板下面就截止了。②”

埃利卡·德图里在担任巴黎采石场监管官时期，就已经设立了一些特殊的地质陈列室；这样的陈列室一共有六间，两间位于 13 区，其余都位于南城大网络。南城的市藏骨堂内有一间骨学陈列室（也称为病理学陈列室），汇集了数量惊人的变形骸骨，并且展示了断裂骨骼的自然修复过程。

“在圣雅克大道地下，我们从天文台南侧走下去，惊讶地发现这里是双层采石场，还有一间矿物陈列室，以及按照地层分级陈列的岩石样本。③” 在这些独特的矿石博物馆中，有一条一直延伸到天花板的虚拟阶梯，展示从地表到白垩岩的地层剖面。每一层阶梯的竖板上都写有相应岩层的名称和实际厚度，阶梯平面上则放有一块岩石样本。这些地下展厅里还陈列有化石、地质结

① 这些词的意思分别是：“保持安静”“禁止吸烟”“安全出口”“医务室”“消毒”“内院”。——原注

② 让-巴蒂斯特·埃韦特，《无头女人街》，同前。——原注

③ 弗雷德里克·维拉穆尔，《巴黎子午线：首都新旅》，Actes Sud 出版社与巴黎博物馆联盟联合出版，2000 年。——原注

核，以及采石场监管组织施工时发现的古老工具。当时，任何人都可以申请参观巴黎的地下陈列室，还可以购买并带走一套矿石样本。

至于藏骨堂博物馆，由于 1892 年之前发生过一起顶板塌方事故，因此矿物陈列室的展品都被转移到骨学陈列室中，后者也因此改为矿物和病理学陈列室。但是，就在展品转移当天，一些珍贵藏品不翼而飞，这座博物馆也因此骤然失去了光彩。1892 年，该馆的展品已经不接受参观。根据采石场历史学家埃米尔·热拉尔所述，这间陈列室在 1908 年遭遇顶板塌方，几乎彻底损毁；后来只得另作他用。

（巴黎高等矿业学院）同级学生隧道

“我们是巴黎高等矿业学院的学生。每年，我们都在地下墓穴里开新生的玩笑。[①]”

在丹费尔-罗什洛广场南侧不远的地方有一处地下隧道，那里的墙上每年都会多出新的壁画：这是属于同级学生的隧道。这些永远在更新的壁画当然不是非法创作，更不是匿名作品，因为人们可以知道每一幅壁画的创作者姓名和创作日期。这些创作者全部来自巴黎高等矿业学院，每一届学生都会进入这些地下隧道，把学校里每一名新生的样貌都画到墙上，这里俨然成为了他们的展厅。作画的创意产生于第二次世界大战之后，确切来说是1945年。最初的画作总是规规整整地画在框内，样式始终在翻新，只留下了高年级介绍人和活动组织者的姓名。但是，从1990年初开始，地下墓穴破坏者用喷枪在墙上喷涂越来越稀薄的绘画用石灰浆。不过，这项地下“洗礼”的传统还是一直延续了下去，巴黎高等矿业学院博物馆收藏的一幅1923年的画作就展示了这项活动。这幅画的作者是让·里夫，巴黎高等矿业学院（如今法语名称改为Mines ParisTech）1945届学生的总代表。他希望能在地下隧道的墙壁上留下印迹，以纪念他的母校曾在巴黎地下举行的“洗礼”仪式。

在巴黎地下墓穴隧道中结束这项充满活力的破冰活动之后

① 瓦西利斯·阿莱克萨基斯，《希腊儿童》，同前。——原注

（如果不是因为在地下的污泥里举行，这种活动本可以被称为戏弄新生的游戏[1]，但是在多年以前，这个词已经被专门用于指代地上活动了），学生们还会在撒玛利亚妇人泉，也就是在地下墓穴藏骨堂，举行一场“洗礼”。

圣安娜医院

“**圣安娜医院地下有1442米**（长的隧道）。[2]”这里堪称一个微型网络，部分地段不与南城大网络相通，因为医院行政部门封堵了地下派挖出的入口，因为那里没有任何支撑。

圣安娜医院由玛格丽特·德普罗旺斯创办，建于1607年至1608年之间，最初只是让蒂伊路上的一家健康诊所。这家医院以奥地利的安妮的名字命名，因为她支持医院建立了专门为女性传染病患者进行治疗的“慈善诊室”。1651年5月，路易十四决定对医院进行翻修，圣安娜医院的“卫生院”工程随之展开，但却在1662年之后无疾而终。巴黎主宫医院被迫放弃大部分支出，将卫生院改造为农场。这些土地一部分用于种植作物，另一部分作为牧场饲养牲畜，还建造了用于贮存小麦和羊皮的仓库。原先医院里未完工的患者接待厅被改造为教会修士的休息区。

直到1861年之后，原先的卫生院所在地才被用来建造圣安娜精神病院，也被称为圣安娜收容所。该机构于1867年1月1日

---

① 法文为bizutage。——译者注

② 吉米·格拉迪亚托，《故国的象》，Libertalia出版社，2008年。——原注

落成。

过去，医院里的实习医生可以进入“**圣安娜医院下方的螺旋台阶（……）这里也和地下隧道相连**[1]”，探寻那些还没有被统称为“南城大网络”的地方。雷内·索特尔和让·塔莱拉什博士就是从这条阶梯开始探险，当时是德占期间，他们就在德国人眼皮底下大胆行动。他们绘制了地下墓穴的地图并交给罗尔-唐吉，希望能够为抵抗运动期间的人员部署提供帮助。二人亲自走过这张图上的每条隧道，还在图上标注了大量直观的指示（对于如今研究地下墓穴的历史学家仍有很高价值），甚至还准确地绘制了每一个出入口的位置，为第一次踏足巴黎地下空间的新人提供了方便。

桑特监狱

“**‘我们就在桑特监狱的下方。’下水道清洁工说。**[2]”他在巴黎地下采石场里为警察带路。

桑特监狱同样于1867年“开业”，在此之前，需要先填平这里的旧地下采石场——不是为了防止可能发生的地下越狱，而是为了加固土地。囚犯不可能像通常想象的那样，从囚室挖一条密道逃之夭夭……那么为什么不用一把小勺子呢？“**无论如何，自从桑特监狱开始修建那天起，这里的地下空间就已经全部填满。**

---

① 埃莲娜·克里耶和伊芙·勒努瓦，《塞纳河上的切尔诺贝利》，同前。——原注

② 让·蒂利耶，《夏尔吕斯的梦》，同前。——原注

不怕一万，就怕万一……[①]”但是这些都没能阻止一个名叫卡约的囚犯，他于1872年从监狱地下逃脱，成为了桑特监狱历史上第一个（也是迄今为止唯一一个）成功越狱者：他锯开囚室的铁栏杆，而后爬进一条污水管，从管道的一个出口逃出了监狱。桑特路地下采石场巷道的墙壁上至今都能看到一行赭石色字迹：“**1871年事件之后越狱， 6月14日。管道工亨利·德尔格涅1872年6月14日，巴蒂斯特·杜朗1872年，管道工安托万·莱昂是个蠢货**”，这会不会与卡约的越狱事件有关？

5区和6区：地下实验室

虽然南城大网络是一个整体的系统，人们无须回到5区、6区、14区和15区的地上就能在下方自如穿行，但在这个系统之外，还存在着一些独立的小网络。其中，有些是因为本身距其他采石场十分遥远，在监管组织最初规划网络结构时就未被考虑在内；还有一些是曾经是南城大网络的一部分，近期才分离出去。这种分隔措施可能是为保护其不受地下墓穴破坏者的摧残，或是为了避免图谋不轨者经由私人隧道进入他人住宅行窃。“**入室盗窃者被称为‘蒙苏里的老鼠’，他们在这个街区活动猖獗——如果可以这么说的话，主要目标是地窖或地下室……**[②]”因为从加斯帕尔·德蒙费梅伊[③]开始，人人都知道“**巴黎成了一块巨大的格律耶尔奶酪。但他们不知道的是，奶酪里有老鼠，而这些老鼠**

① 吉米·格拉迪亚托，《故国的象》，同前。——原注

② 雷奥·马勒，《蒙苏里的老鼠》，同前。——原注

③ 皮埃尔·切尼亚电影《洞群》中的人物。——原注

不会坐以待毙！”。

这些永恒的独立区域包括：图尔农路上共和国卫队营地下方的网络、奥德翁广场拉辛路下方的隧道（可通过一口旧水井进入）以及5区植物园地下具有特殊用途的部分。

“**他从一个巨大的文件柜里翻出了一幅大比例尺的图纸，这是植物园地下墓穴的图纸。‘我对这里的地下了如指掌。’他说。‘20多年前，我们在那里为阿尔芒·维雷教授建了一间地下生物实验室，他和您一样，也是洞穴学家、史前史学家。我们就是在那时绘制了这幅地形图。’**[①]”1895年末，在这座自然科学博物馆的花园里，人们发现了旧橘园中一处井口的遗迹。1899年完成博士论文《法国的喜暗动物》的阿尔芒·维雷抓住这个难得的时机，和他的探险好友之一路易·梅曼进行了一番探索：他决定在那里建设他所谓的“地下墓穴实验室”。于是，他将这片区域改造为了一座方便进入的实验室；在该馆馆长阿尔方斯·米内-爱德华的殷勤协助下，工程于1896年3月开始，1897年4月即告竣工。“**沿着台阶走到底，我们就来到了一个广阔的地下网络当中，但这里与采石场和地下墓穴毫无关联。**[②]”然而，植物园采石场的台阶却在这座微型网络中被保留下来，但地下的距离似乎始终广阔无边；或许这正是此地与整体网络系统之间“毫无关联”的原因！

“**我参观了米内-爱德华先生的地下墓穴实验室，并且和他讨**

---

① 诺尔贝·卡斯特莱，《地心任务》，Librarie académique Perrin出版社，1964年。这本儒勒·凡尔纳式小说的第二章正是“在植物园地下墓穴中”。——原注

② 尼古拉·戴蒂安·多尔维，《巴黎的最后时日》，XO出版社，2009年。——原注

论了喜暗和穴居的动植物。[①]”这项科学活动在20世纪初方兴未艾，不幸的是，1910年的一场大洪水就为它敲响了丧钟。此后，这里再也没有真正恢复原貌，何况在1914年，创始人阿尔芒·维雷已经投身于领土保卫事业。不过，从1912年起，他就意识到实验室设计上的一个缺陷：由于距地面和入口台阶太近，因此实验室必须承受不容忽视的温度变化，这可能会给实验结果带来影响。

12区和啤酒厂采石场

“如果她没有搞错的话，他们应该是在旧采石场里的菲利克斯-埃布维网络中。[②]”

地下网络——或者更确切地说，“**内城**”12区的地下网络——隧道长度十分有限。杜梅斯尼尔和杜格米耶两站地下各有一处独立微型网络，总长度相加只有几百米。这些隧道不高，为粗磨石岩材质。这种材料十分独特，所有城市道路如需在建设过程中进行加固，都会使用粗磨石岩[③]。这两处平行的地下微型网络始终像一个整体，各自位于其支撑的站台下方，确保站台的稳固和安全。

12区还有另外两处更加重要的网络：“**据我所知，最近的采**

---

① 加斯东·勒鲁，《大盗回魂》，同前。——原注

② 安托万·夏奈，《生者脚下六尺的地方》，La Tengo出版社，2009年。——原注

③ 虽然所有地铁和大区快线都使用粗磨石岩进行加固，但早在18世纪，一些建筑支柱就已经使用这种材料建造。这一应用始自监管官夏尔-阿克塞尔·吉约莫。——原注

石场是文森森林地下的格拉威尔采石场。[①]”除此之外，另一个网络就是所谓的“啤酒厂网络”。

这两座网络比之前的两处更加广阔，但结构却完全不同。它们是由环形柱支撑的采石场，开采过后基本保留了原貌。地上是文森森林[②]，由于森林本身并非建筑，因此也无须建造许多用于加固的支柱以保障上方道路的安全，除非是经过明显加固后仍然会塌陷的顶板，或是坍塌到一半就中止的岩体。不过，由于坍塌的风险始终存在，2005 年，人们用沙土和水泥的混合物充填了格拉威尔采石场里顶板有损坏迹象的部分区域。出于事故预防的需要，每年定期在此地上方举办王座嘉年华。

森林里的第二座采石场——啤酒厂采石场则更为有趣。除环形柱之外，还能看到一片用石墙和充填物堆满的开采区。矿石开采结束后，这里被重新用作蘑菇种植场。此处还藏有一块刻着“迪凯纳·普罗斯博 1864”的铭牌，以及其他 1870 年末至 1871 年 4 月出现的普鲁士人名。

由于这里同时存在两种开采方式以及蘑菇种植的遗迹，20 世纪 80 年代末，人们开始在此进行新的规划，因为他们发现市藏骨堂的骸骨已经“骨满为患[③]”。当时，人们设想在这里重建一座人工藏骨堂，在某种意义上是地下墓穴的**复制品**。正如拉斯科洞

① 娜塔莉·鲁耶，《巴黎的黑魔法》，同前。——原注

② 这是巴黎城东的绿肺，与城西的布洛涅森林遥相呼应。法国的首都拥有 4 处大型绿地，分别位于 4 个主要地点，另外两处是北边的肖蒙山丘和南边的蒙苏里。——原注

③ 《地下墓穴骨满为患》，署名“罗杰·洛朗”，发表于《法兰西晚报》，1988 年 4 月 20 日。——原注

窟的**复制品**一样，这里也将呈现遗址的历史。

藏骨堂里的骸骨上出现裂缝并长出藻类的原因既简单又复杂。80 年代初，藏骨堂与博物馆中间的隔墙有数米之厚。就是在这一时期，参观时间从周末放宽至除周一外的每一天；另外，其内部的永久照明系统也并非由来已久（70 年代才安装完毕）。这些因素在藏骨堂里形成了有害的环境：游客数量增加，二氧化碳排放量增多，湿气附着在墙壁上，通宵达旦运行的照明系统（而非从前可移动的蜡烛或手电筒）也造成温度升高。这导致了灾难性的后果——环境促进了藻类生长，并使得骸骨出现裂缝。为了着手解决这一问题，1995 年，人们在地下墓穴里安装了换气系统①，以试图恢复这里曾经的空气状况。在此之前，这里的空气成分已经稳定保持了 200 余年，骸骨与气候形成了平衡关系，直到人们以一种灾难性的方式介入其中。虽然最初的照明系统——淡黄色的灯泡，成堆的外部电线——有一种古旧的魅力（暂且不说“过时”），但在 2001 年，经历了数月封闭施工后，它还是被现代壁灯这种“**基础且自动的照明系统**”取代（“现代”是其唯一优点）。自此之后，这里都亮着惨淡的白光（最大限度地促进了有损于遗迹保护的光合作用）。

我们始终能看到啤酒厂采石场整修草图里未成形的线条。线条绘制的主要是那道宏伟的金属环形台阶，它建在一口同样宽阔的采掘井中，直径长达数米。要找到另一口与之相似的采掘井，

① 此项工程花费约 600 万法郎，约合 100 万欧元。当时的成本均摊到每具“骨骼”上相当于 1 法郎左右。——原注

需要去圣宠谷才行：1993 年，圣宠谷为纪念落成 200 年而进行修葺翻新，人们在施工过程中发现了这口井。后来，井口由玻璃板覆盖，内部则铺设了照明设施。在稍远一些但更易进入的地方，还有一口上方立有绞盘的井，这口井由沙蒂永的采石场工业遗产保护与修复学院[①]修复，1992 年被列入历史建筑补充名录。

13 区

“南城大网络”之所以得名，是因为其线性延伸的结构与其他采石场不同。“**13 区地下还有一处网络，范围更小，只有 25 公里。与一些人想象中的相反，那里不与南城大网络相连。**[②]”

诚然，13 区的网络面积有限，但它的隧道长度却在巴黎所有采石场中位列第二。不要忘记，比耶夫尔河的河床承受了水流下切作用，13 区的石灰石矿床因此与南城大网络分离，导致这两个系统之间毫无相连的可能。

有些人仅仅知道这里存在大量粗磨石岩隧道。应当说，由于意大利广场的地铁隧道纵横交错（这里有三条不同线路，尚且不算其余的岔道），这些隧道多数都起到加固作用。新的粗磨石岩加固设施建于 19 世纪末至 20 世纪初，它们的出现使得 18 世纪建造的宏伟的石灰石隧道成为历史，因为地下结构必须重新规划。

---

① 法文缩写为 PICAR。地址：沙蒂永安培路 19 号，邮编：92320。——原注

② 吉兰·吉尔贝蒂，《黑暗的洗礼》，同前。——原注

另外，位于意大利广场两侧的两间矿室也被填满。

13 区的舒瓦西大街上有一处邮政分拣站，在这栋建筑正下方的采石场里，保留着一间巨大的防空洞。除此之外，医院大道下方也有一个狭长的防空洞，那时，只有警察局停车中心的工作人员能够优先进入。

从前，在 1836 年，巴黎的几家煤气厂之一——伊夫里煤气厂在如今舒瓦西广场的位置建成，这片土地后来成为巴黎 13 区。工厂一直保持着良好的运营状况，直至 1937 年第二次世界大战前被迫停业。这座工厂的地下构造独一无二，因为其中有 7 个彼此相连的环形，这是该工厂唯一保存至今的煤气储存罐遗迹。由于有了采石场的存在，这些煤气储存罐在空罐时就与地表齐平，因为罐体会完全陷进地面。

此处还有一个直到最近都与巴黎其他采石场不同的特点①，那就是这里有几条水下隧道（采石场监管组织的地图上没有标明，但现在已经被绘入地图）。这些隧道可经由两口水井进入，其中一口就在原煤气厂地下②。曾于 80 年代初指导我采石场历史研究方法的良师、水下洞穴学专家菲利普 · 布鲁内于 1990 年初下潜考察，首次为这些水下隧道绘制了地图。

因此，“13 区地下墓穴”中有各种各样的事物，但没有藏骨堂，也肯定不会有头骨留下的阴影，这与小说《罗德 · 李斯特》

---

① 但就在不久前，水下洞穴学家菲利普 · 布鲁内在 14 区“海滩”的一口水井中也发现了一条水中隧道。所谓“铺路石下是海滩”，但在这里，海滩本身却被水淹没。——原注

② 在 1993 年由巴黎市政府支持举办的“年轻记者嘉年华”期间，有人曾拍摄了关于这一主题的纪录片。——原注

引发的想象截然不同。这个故事中提到的入口在“**华托大街**[①]”上的一家酒店内，其中有一个伪造成壁炉的地下墓穴秘密入口，从这里开始，“**在灯笼摇曳的灯光下，人们走下螺旋楼梯的六十多级台阶**[②]”。但“地下墓穴”一词始终具有迷惑性，导致作者的环境描写完全走入歧途：“**地上铺满了头骨；裸露的骸骨成功让罗德·李斯特相信自己没有走错**”，他身在“**其中一道深沟里，这里是旧采石场的遗迹。如今，这些遗迹在巴黎地下仍然大面积存在**”。若想看到对13区采石场更为现实主义的描写，还是要相信克莱尔·马扎尔笔下拉琴斯基专员的描述：“**从意大利广场这里进去，经过7月30日我们曾走出的那口井……他用另一只手指向后方碎石路面上的那块铁板。行人从这块铁板上匆匆走过，不以为意，但就在铁板下方，一口有梯子的井径直通向地下20米深的地方。**（……）**K厅……雕塑厅……采石工人厅里设置的歇脚处……**因为**在那里可以吃快餐……放松一下。**[③]”或者也可以相信距现在更近的苏格兰人恩佐·麦克劳德[④]，英国少数几名研究连环犯罪的专家。他在遇见一位名叫G.托马[⑤]的调查警官之后，将13区的采石场描述为一种“**罪犯心理侧写场所**”。这位警官给了他最初的帮助，不过在伸出援手之前还低声抱怨了几句：

① 实际上，以华托的名字命名的大街并不存在，13区的这条路只是为纪念华托。作者此处信息有误。——原注

② 这段及以下两段引文均来自《罗德·李斯特，伟大的无名者》第17部《在巴黎地下墓穴中》（未注明作者，但出版者为A.艾希勒，出版时间为1910年）。这本书实际上是德文版《Lord Lister, der Große Unbekannte》的法文译本，原著作者为库尔特·马图尔和提奥·冯·布朗肯塞，由柏林Volksliteratur und Kunst出版社出版，曾多次再版。——原注

③ 克莱尔·马扎尔，《铺路石下的尸体》（拉琴斯基专员调查记录），Oskar jeunesse出版社，2012年。——原注

④ 这可以再一次证明造访巴黎地下采石场的群体已经国际化。——原注

⑤ 这或许是巧合？这位警官的名字确实以G开头：Georges。——原注

“只要您别提到我就好。（……）我可不想被人编故事。”

16 区的“地下世界”

“1984 ——**打着准备演出的幌子**[①]**，我进行了一番探索和测量，参观地下建筑和采石场。我习惯了被监视。**[②]”

16 区地下当然有巴黎随处可见的下水道，我们可以在作者署名为亨利·凡尔纳的小说《方程 $X33^6$》[③] 中跟随鲍勃·莫拉纳进行有趣的探访。这场冒险之旅的结束地点或许平淡无奇，但要知道，这在下水道系统里算是一等一的地点，因为这是巴黎尤为时髦的街区——夏约宫附近的下水道。50 年后，莫拉纳指挥官又能与小说《时间利维坦》[④] 里的人物并肩前行，后者有一次也迷失在世界博览会展区的下水道里，只不过是在左岸的埃菲尔铁塔下（7 区）。

16 区也有防空洞，其中一些位于采石场矿洞内，或是与该区的主要网络相通。特别是夏约宫国家剧院地下的这个防空洞，其中有一条通向采石场的紧急出口，上面清楚地写着“**采石场。请勿打开。危险**”。不过，还有另外一句：“**若此处为唯一出口，请**

---

① 此处是指演出“塔与线”。1989 年，钢丝艺术家菲利普·珀蒂在夏约宫和埃菲尔铁塔之间架起钢丝，成功通过。——原注

② 菲利普·珀蒂，《走钢丝的人》，Albin Michel 出版社，1991 年。——原注

③ 出版于 1962 年。有关该主题的研究参见《鲍勃·莫拉纳的“地下之旅”，或深度解密凡尔纳式装饰》（又名《鲍勃·莫拉纳的巴黎采石场和地下墓穴，亨利·凡尔纳的主要作品》），文章发表于鲍勃·莫拉纳俱乐部《反映》杂志，第 88 期（2008 年第四季度刊），12—41 页。——原注

④ 马克西姆·夏达姆，《时间利维坦》，Albin Michel 出版社，2010 年。——原注

沿绳离开。”这是另一扇“**我记忆中珍贵的门**[①]”!

当然,这里也有采石场,又被称为“特罗卡德罗地下墓穴”,这个名称一直沿用至今:“**台阶径直伸进巴黎深处的黑暗之中,消失在另一端遥远的阴影里。我又想起了门上的牌子。毫无疑问,我来到了夏约宫的旧采石场!也就是地下墓穴。**[②]”

简而言之,16 区特罗卡德罗山丘地下的采石场主要分为两个系统,一个在夏约高地下方,这里如今有一间宫殿[③],另一个在哥斯达黎加广场下方,面积较前者更小。主网络从隆尚关卡地下穿过,因此,如果说曾经有人试图逃避地上入市税而从采石场秘密潜入市内,这也毫不新奇。还有人企图钻进地下躲避警察的追捕,一名讲述了自己在 1871 年巴黎公社事件后监禁生涯[④]的苦役犯就是如此。

夏约宫是为迎接 1878 年世界博览会的举办而修建的。显然,在建造过程中必须加固地下的采石场。这些副隧道曾在 7 个月内接待了几十万参观者,从此名声在外:那是 1900 年在特罗卡德罗举办世界博览会时的盛况。当时,“16 区地下墓穴”还为此进行了两处扩建,巴黎综合理工学院校友、这些地下活动的组织者路易·德劳内就曾谈及此事,一些记者也注意到隐藏在地下的这部分世博会展览。“**他循着这些印迹来到特罗卡德罗一条横向的小路上,在那古老的瀑布脚下——他走进了地下**

① 因为我正是通过这里第一次走进巴黎的地下空间。——原注

② 亨利·勒文布吕克,《哥白尼综合征》,Flammarion 出版社,2007 年。——原注

③ 这片网络总长 7.2 公里……但不幸于 2008 年被灌浆截断。——原注

④ 《我的七年苦役》,同前。——原注

世界。（……）**一路上经过低矮的矿室和蜿蜒曲折的羊肠小道，可以看到洞穴重建的痕迹，路边的坟墓，以及侏罗纪时期的景象。**[①]”这场展览名为“地下世界”，入口和出口上方各有一只复原后的史前动物的形象。这里展出了最新的考古发掘成果（中国佛塔、埃及墓葬、阿伽门农的墓穴等）以及一些地下自然奇观，例如巴蒂拉克天坑。此外还有地下矿展，该部分呈现了以煤炭开采为主的采矿业情况，也包括一座正在开采中的南非金矿和一块来自那里的矿石。唯有这部分展览经历了时间的考验：“**这些是1900年世博会的遗迹。1903年封闭地下隧道的时候，它们被原样保存了下来，始终没有被拆除。**[②]”1937年世博会举办之前，特罗卡德罗广场重新整修，“地下世界”从此消失。为建造地基，施工方剥离了整个表层土地，一直深入到采石场上方。

博览会结束后，煤矿里的煤已被采空，待拆除和交还的展品也一并归位。尽管采石场监管组织采取各种措施阻止外人擅闯禁区——例如紧锁大门或者封堵入口，但还是无济于事！仍然有一群人时常深入采石场内部，他们堪称今天现代地下派的先驱。最终，这些人在一次行动时被发现。1906年，他们被当局逮捕，为首者被判处数月徒刑：这是一名值得尊敬的退休官员的儿子，他自称是巴黎洞穴学协会的主席。此后，夏约宫采石场终于恢复了其渴望已久的平静，得以休养生息……不过，这仅仅是暂时的，因为这里从来不会真正缺少参观者。

---

① 埃尔韦·于贝尔，《幻景宫殿》，Albin Michel出版社，2009年。——原注

② 吉米·格拉迪亚托，《故国的象》，同前。——原注

距现在更近一些的时候，在2004年，一个地下秘密电影放映设备被发现，使得16区这些地下隧道再次成为公众议论的话题。这是双重意义上的“地下”电影院，因为“地下”既指放映活动的地点，也是活动主题。故事的讽刺之处在于，这一系列仅限几名发起者参与的私人电影放映会正是在电影院地下进行。然而，正如一只蝴蝶扇动翅膀能在地球另一端掀起海啸，这起本来只与采石场一小部分人（地下派和相关职能部门人员）有关的事件，经过互联网的高速传播，以迅雷不及掩耳之势传遍了博客空间的每一个角落。世界各地的媒体纷纷将其作为头条新闻[①]，此情此景与80年代初公众在文化部长雅克·朗格的推动下发现“地下派”现象时有些相似。不过，早先的通讯手段远不如现在完善，出色，当时事件掀起的新闻浪潮比现在迟缓许多。

伊夫里采石场：一座地下监狱

“他们三人都在一条低矮的隧道里，隧道大约只有1.6米高，费尔曼只得歪着头向前走。湿漉漉的墙壁是用坚硬的岩石筑成的，其中只掺杂了极少量的泥土[②]。(……)这里有不计其数的金属杆，全部排列得整整齐齐，堆放在一起。(……)德国佬把伊夫里采石场变成了(汽油)仓库。[③]”

① 拉扎尔·昆斯特曼在《秘密文化：L'UX》一书中详细叙述了此事。该书由Hazan出版社于2009年出版。——原注

② 这里描述的显然是沿途用石墙加固的隧道。——原注

③ 雅克·弗里德兰，《神秘的地下世界》，Hier et Aujourd'hui出版社，1947年。——原注

按照惯例，这片郊区平地上的石灰石最初也是露天开采，后来才依循岩层走向直接打通到内部。1830 年，伊夫里市有 27 座采石场，雇用的工人超过 200 名。在相邻的塞纳河畔维特里镇，人们也在地下开采石灰石上方的石膏层。与蒙马特采石场一样，这些采石场也为古生物学家所熟知，因为在其中一座地下石膏采石场的天花板上曾发现完整的大古兽马（与现在的貘相近）骨架。

位于堡垒之下的塞纳河畔伊夫里采石场也不甘落后，在这里的顶板上也发现了另一种非洲动物——长颈鹿，但这次是借着烛光画在墙上的图案。一定是一名工人曾看到这种奇特的动物途经此地，于是在墙上留下了这幅杰作。这头长颈鹿是当时埃及王朝的建立者穆罕默德·阿里帕夏赠送给查理十世的礼物，于 1826 年 10 月 23 日登陆马赛。这头法国人见所未见的动物一直依靠步行走到巴黎；此事成为媒体争相报道的对象，甚至掀起了一股席卷人们生活方方面面的长颈鹿风潮（例如日常用品、服装、绘画等）。

伊夫里堡垒下方的网络始终属于军事用途，现在是国防部宣传与音像制品部门的所在地。这里唯一的入口位于军事围墙内。正因如此，很长时间以来，许多电影都在这里取景拍摄。在拍摄期间，电影团队可以将任何道具留在采石场里，无须后顾之忧。

不会有人不合时宜地非法地闯入这个网络，相反，它的作用是关押囚犯。囚犯们若想离开，除非从进来时的原路出去进入堡垒内部，否则别无他法。因此，1848 年，上百名被俘的起义者被关进这座堡垒的地下室后，他们的声音整整在此回荡了几天几夜。“**我们慢慢走进一座地下室，跟上了前面的向导；他们剪断了我们手腕上的绳子，把我们推向一条台阶。我们走了下去，越走越能感到一阵潮湿、冰冷的空气扑面而来。**(……)**几个人点亮了烛台，我们跟在后面，试图找到一个藏身之处。在寻找的过程中，我们看着面前的采石场，仿佛受到迎头一击——从前，这里对我们而言似乎其乐无穷，然而这次行程却令人忧心忡忡；我们只看到了一座为我们中的多数人准备的庞大坟墓。**[①]”

沙朗通勒蓬地下

在系列小说《章鱼》中，让-雅克·勒布执笔的故事发生在沙朗通勒普隆，这是一个虚构的城市，其中隐约能有沙朗通勒蓬的影子。在沙朗通勒蓬的一些区域，看不到巴黎城郊遍地林立、千篇一律的高楼，原因很简单：“**当时该省出台了一项法令，禁止在这片区域修建新建筑。这里地下到处都是洞窟，像一块格律耶尔奶酪，地上大部分是工人花园，那时，这些花园的土地特许权正逐渐被放弃。**[②]”南部近郊其他一些拥有独立式房屋的地区也是如此，此外还有稍远的市镇，如蒙泰松平原、乌耶市、萨特鲁维尔或塞纳河畔卡里耶（可谓地如其名[③]），这些地方的菜农拥

---

① 圣安托万区的 J. C（姓名略），关押于伊夫里堡垒。《一名起义者不愿公开的日记》，1849 年。——原注

② 让-雅克·勒布，《蛋糕上的樱桃》，Baleine 出版社，1996 年。——原注

③ 原文为 Carrières-sur-Seine，原意为“塞纳河畔采石场”。——译者注

有的广阔土地，开发商对此虎视眈眈，热切希望将它们夷为平地……然而采石场已经开始被无节制地灌浆充填，菜农们还能坚持多久呢？“**采石场的工程师们安抚着周边居民，向工人大声发号施令。运转的灌浆机宛如机械芭蕾，将成吨的混凝土注入采石场的断层、矿囊和矿井内。**[①]”

默东、伊西莱穆利诺和克拉马的白垩岩

在巴黎盆地的最深处，有一层厚度达数百米的白垩岩，上方是众所周知的被大量开采的石灰岩。

只有在巴黎的西部郊区才能开采到这种形成于白垩纪［“白垩”（craie）一词已经表明了其形成时间］的石材，这是地质运动的褶皱作用使得白垩层提升的结果。此类现象在全世界地质学家都熟知的巴黎西南部（默东、伊西莱穆利诺和克拉马）的默东背斜更为明显。这些采石场后来成为蘑菇种植场，又在德占期间被改造为防空洞。德国人尤其会注意到其中一座采石场，还在那里建造工厂。这座采石场于 1986 年被列入“科学与艺术之地”名单，并成为格里高利圣咏唱片的录制地（因其具备卓越的音响效果）；其他音乐团体——例如锐舞——也多次来到这里，但从本质上说属于地下音乐。

1961 年 6 月 1 日，一则惊人的社会新闻将克拉马白垩采石场推向风口浪尖：采石场发生了一起塌方事件，导致 21 人死亡（50 多

① 马丽斯·里维耶尔，《欺骗死亡》，同前。——原注

人受伤)。事发区域位于克拉马和伊西莱穆利诺镇。死亡人数之所以得到控制，是因为在塌方地带波及范围内有一座体育馆，也就是说那里并非居民区。尽管这两个相邻的市镇都受到塌方的影响，但这次事件还是被称为“克拉马灾难”，因为21名遇难者都是该市的市民；在伊西莱穆利诺，受损的主要是体育馆，从当时的航拍照片里能看出，体育馆伤痕累累，与地震后的情形十分相似。

“**克拉马已经今非昔比。它不再是那片由菜农耕种的穷乡僻壤，但仍然举办一年一度的小豆节。后来，工人家庭受到重创，因为这里发生了土地崩塌，他们冒着生命危险得来的小小的蘑菇场瞬间化为乌有。**[①]”然而，这并未阻止后来的人们在这片不祥之地上大兴土木，修建高楼大厦。

拉德芳斯区的地下空间

尽管拉德芳斯地下曾经存在采石场，但是在这里被建设为商务区之后，采石场也随即成为历史。不过，人们天马行空的想象还能继续扩大仅存的模糊记忆的边界。“**隐藏的小路，与下水道相连的未知洞穴，以及通向被埋藏的墓地、地下墓穴、蘑菇场的塞纳河和其他道路，还有地铁隧道，或许再加上曾经的宫殿、地下的宏伟神庙，没准还有广阔的稀有矿层。**[②]”然而实际上，这里只有几座已经被遗忘甚至被掩埋的教堂。这片商务区地下有两块保留空地，是为地铁1号线从讷伊桥站延伸而预

---

① 让-巴特里克·芒歇特，《骨骼!》，Gallimard出版社，1976年。——原注

② 巴特里克·格兰维尔，《黑色堡垒》，Seuil出版社，1982年。——原注

备的。这条线路已经延伸至拉德芳斯，但并未从地下穿过塞纳河，而是在高架桥上运行，所以当时必须对两座教堂所在的地点进行复检。原先预留的两片空地依然原封不动地保留下来，因为无法用作他途。

瓦兹河畔梅里的采石场

在广阔的巴黎市郊，其他许多采石场同样引起了德国人的兴趣，他们将生产秘密武器（V－1飞弹和V－2火箭）的设备安置在其中加以保护，然而此时战争已接近尾声。和法国所有采石场一样，这些采石场也被德国国防军[①]地质部登记在册，为的是利用足够宽阔的空间掩蔽工厂。

瓦兹河畔梅里的“昂诺克”石灰岩采石场（以业主的名字命名）就是如此，这里的工程之浩大令人瞩目：入口处有装甲门保护，地面全部用混凝土铺盖以利卡车行进，最特别的是，德军在采石场下方挖掘新空间，将总长300余米的空地的高度拓展为原来的两倍，以便能容纳整辆列车。这里的外部防御措施同样得到加强：德军在此修建了几座掩体，以应对空袭和近距离攻击。

“由于地下水渗入，加之岩石形状不规则且常有隐蔽的斜坡，地面十分容易打滑。在他们眼前，编了号的隧道—— 86、87、 88……依次递增。被淹没的地方在哪里？应该朝哪边走？（……）空气湿冷得可怕。维克竖起了衣领，躬身进入一块岩石

① 让-保罗·德拉科鲁兹，《法国地下空地清册—法国西部地方空军司令部—1942~1944年国防军地质部BIII 12b专署》。——原注

结核。在他的前方，瓦兹河畔梅里宪兵队的拉法尔格上尉停了下来，随后走上了昂诺克采石场最险峻的一条坡道。[①]”

这座采石场后来被用作工业化的蘑菇种植场，一箱箱栽种了菌丝的肥料被码放在一起。这里曾经还有一口巨大的采掘井，不过出于居住区建设的需要，如今它已经消失在成吨的混凝土之下。

最近，在一次采访中，当年劫持昂潘集团商业巨头爱德华-让·昂潘的其中一名罪犯承认，1978 年，他曾将昂潘在这座采石场囚禁了 63 天：“**我们当时要找一个没人知道的地方。这里就是最好的选择！**[②]”

历史的戏谑之处在于，在一本研究了 100 份关于巴黎解放资料的书中，我们发现，被德军占据的昂诺克采石场附近的其他地点，恰好是地下抵抗者们的藏身之处。罗尔-唐吉在 1942 年夏天曾收到“**须在分发前储存的一小批**（物资）。**一支战斗小队此前‘收复’了一条路段，于是我们去了瓦兹的梅里-梅里埃，我们的一名支持者在那里有一片蘑菇场**[③]”。

瓦兹河谷省的其余地点

“**二战末期，盖世太保曾经在里勒-亚当的博诺姆大街下方的采石场驻扎。维利耶-亚当**（……）**地下还遗留着十几公里长的**

① 弗兰克·蒂耶，《莫比乌斯环》，Le Passage 出版社，2008 年。——原注

② 2012 年 2 月 22 日《巴黎人报》访谈，时值阿兰·卡约尔的著作《光》由 Cherche-midi 出版社出版。——原注

③ 罗尔-唐吉上校和罗杰·布德龙，《巴黎解放：一百份资料》，Hachette 出版社，1994 年。——原注

巷道。[①]”

不同的石灰岩采石场都曾被德国人以同样方式再次利用。除瓦兹河畔梅里采石场之外，努古尔（代号“**北极点**”）或圣勒-埃塞尔（代号“**利奥波德**”）的采石场也成为占领军的目标，因为这里可以天然抵御空袭，是修建地下工厂的理想位置。圣勒曾是数百枚在役 V-1 飞弹的储藏库，相反，梅里采石场的水泥固化直到战争结束都没有完工，因此改造也未能完成。

总之，德军的工厂（往往简单地）将这些采石场采空区重新利用，它们中有的已经十分古老，采下的石块通过水路一直运送到巴黎。“**圣勒石港距凡尔赛路不远，这里有成堆的石料，几天前卸下的各种材料以及用来运送重货的平底驳船，很容易辨认。**[②]”对于从塞纳河下游溯流而上的货船而言，巴黎西面的这座“石港”正对着皇后林荫大道的中线，即位于协和桥附近。巴尔扎克早已发现这个建筑石材中心距离首都太远，他指出，在里勒-亚当附近，有“**为现代巴黎最美的建筑提供石材的宏伟采石场**[③]”。

古老的黏土矿，或黏土采石场

黏土确实是在采石场开采的（地下或露天均有），虽然人们

---

① 克洛德·达尼斯，《里勒-亚当的致命陷阱》（对雅克·穆克拉德的调查），Valhermeil 出版社，2008 年。——原注

② 皮埃尔·博尔达热，《昂乔米纳 III. 1794》，L'Atalante 出版社，2006 年。——原注

③ 奥诺雷·德·巴尔扎克，《人生的开始》，1842 年。——原注

用“黏土矿工”来称呼这些“灰头土脸的人”。《采矿法典》根据开采材料的性质确定了作业地点是矿场还是采石场[1]；一种物产如果对于国家经济不可或缺，就属于矿产，在这种情况下，国家可将其作为特许权的指涉对象。

直到1976年，黏土工才拥有矿工身份，50岁退休。这是法兰西学院院士、普罗万市市长兼议员阿兰·佩雷菲特经过不懈努力多方斡旋的结果。我出生和生长的普罗万市市内有黏土场分布。作为一名黏土矿工的儿子，或许我对地下隧道的兴趣有一部分正是来源于此？**“耶和华　神用地上的尘土造人，将生气吹在他鼻孔里，他就成了有灵的活人，名叫亚当。**[2]”地下隧道始终是我的第二故乡。我踩在祖先的脚印上（无须上溯到穴居人生活的时期来解释这种返祖情怀），在巴黎地下信步漫游，就已经回归本源——不仅仅是历史长河的源头，更是我本人生命的伊始：在我伟大的先辈仍然在世之时，我就已经踏上过采石场的土地！

“你必汗流满面才得糊口，直到你归了土，因为你是从土而出的。你本是尘土，仍要归于尘土。[3]”

---

① 从采石场开采的建筑材料有：黏土、石灰石、石膏、沙土、板岩、赭石等。——原注

② 《创世记》，2：7。——原注

③ 同上，3：19。——原注

奇特难忘的地下派世界

“他的身体和灵魂在何处度过了他作为一个自由人的最后时光？在这个街区里。在这个街区地下。在巴黎地下墓穴之中。[①]”现在，我们要讲一讲前文中提到过数次的地下派。“地下派”不是一个新概念，但是这个词却是在80年代初才首次出现。它指代的这一群体并非近些年才冒出，但却因为媒体曝光率的提升而迅速扩大了规模：地下派，“**这些古怪的夜游者总是**（在废弃采石场里）**一连穿行几小时**[②]”。

“从寡妇巷到遗弃者阁楼，中间只相差一个世纪。尽管地下

① 雷奥·马勒，《蒙苏里的老鼠》，同前。——原注

② 娜塔莉·鲁耶，《巴黎的黑魔法》，同前。——原注

的路程很长，但当我从居住的蒙田大道走进巨大的集流管道口来到地下，和管道工朋友们进入蒙鲁日旧采石场，抵达奥尔良门，从永恒存在的地下墓穴里钻出来，这段距离似乎就可以忽略不计了。”布莱兹·桑德拉尔在书中这样写道①。他让我们领略到在“地下派”一词出现之前，这些地下派经常造访的地方是怎样一番景象。尽管“物以稀为贵”，但如果稀少到极致，那就只能在专家之间小范围谈论了。当大众开始了解一项事物，就必须清楚地为它命名，以便讨论。然而，在当时，“地下派”的产生只是一种附带现象，实在太微不足道，以至于除了地下派成员本身，没有人会猜到真的有这样一群人存在。

地下派是怎样一群神奇的人？

“巴黎地下不只有恐怖分子，不是吗？（……）他们多数都是来自外面，沿着几世纪以来城市地下开凿的无数地下隧道中的一条走下去。②”

在皮埃尔·切尔尼亚执导的电影《洞群》中，菲利普·诺雷饰演了加斯帕尔·德蒙费梅伊一角。通过塑造这个角色，切尼亚导演成功给这些喜欢探究巴黎地下世界的人下了定义，称他们为“破坏型哲学家”。

给出这一定义的证据就是，他们通过不受管控的行为，可以

---

① 布莱兹·桑德拉尔，《巴黎郊外》，Pierre Seghers 出版社，1949 年。——原注

② 科萨比·莫利亚，《消失之前》，Seuil 出版社，2011 年。——原注

看到一些原本永远无法看到的事物。80 年代初便是如此："**一个周日的早上，他们偷偷地潜入地下墓穴藏骨堂，这里不对公众开放：他们在路上偶遇由一名采石场监管组织工作人员引导的 150 名游客。据他们描述，这名工作人员当时看起来十分生气，他本来有权惩罚这些不速之客，但却带着他的队伍匆忙出去了。这几条漏网之鱼总结出的原因是，这个维护秩序的人玩忽职守，自己破坏了秩序，不巧正好被他们撞个正着：要么是此人到了月末经济上已经捉襟见肘；要么就是他心里也突然萌生了一股非法潜入地下的热情……**[①]"

"地下派"似乎很难被定义，因为它是一个统称，其中的每个成员都有着迥然各异的经历，动机也千差万别。说到"地下派"——此处仅指这个词的本义，而不是被媒体泛化后的意义（媒体用这个词指代所有人，包括地下遗迹的破坏者），他们不仅仅是公众通常想到的那些游手好闲的年轻人。这里还包括法国未来的精英[②]，他们有时会违反校规校纪，借助给记者当向导的机会潜入地下世界（这里是指巴黎高等矿业学院的学生，但其他高校的学生也并非全无干系）。这里还能见到社会上形形色色的人，比如铁路员工（从普通工人到火车站站长）、宪兵、警察（不仅仅是那些"小警察"）、抢险队员（他们在参加救援时偶尔会发现这些隧道）、医生、兽医、理疗师、实验室导师、心理学家、

① 芭芭拉·格洛乌切夫斯基等，《地下派之城：巴黎地下的人类学研究》，Librairie des Méridiens 出版社，1983 年。——原注

② 巴黎高等矿业学院、巴黎高等师范学院、巴黎综合理工学院、巴黎政治大学等高校的学生。——原注

保育员、飞行员、干部（银行的工作人员，或是巴黎大众运输公司等单位的工程师）、公司总经理、猎头顾问、企业家、企业总裁（甚至是CAC40[①] 企业的总裁）、证券交易人、公司主管、律师、博物馆馆长、地质学家、考古学家、巴黎天文台的天文学家、国家或国际研究所的研究员（如法国国家科学研究中心或美国国家航空航天局）、市政部门公务员（上至巴黎市政府顾问）、学校校长、各领域的教授、小学老师、建筑家、网页设计师（还有许多信息工程师）、综合理工学院毕业生、记者和其他媒体工作者、小说家等等，不一而足。但是，归根结底，这些大学生和从事“高层”行业的人只能说明巴黎人口的多样性。在这里，第三产业之外的企业少之又少。显然，在巴黎地下，也有地上社会中的其他边缘人群：园丁、门卫、技师、工人、下水道工、锁匠、电工和其他手工业者及无业游民等。“**在这里，人们的权力关系和尊严都是平等的**（……）**陌生人之间不再看重身份地位。所有人都同样感到不适。**[②]”我们这位最新的诺贝尔物理学奖得主[③]（在量子领域）不也当过地下派吗？有人会草草得出一个结论：采石场通向任何地方，只要能够成功走出去；对此，我们可以反驳说：不一定要走出去，在采石场里就能尽情畅游！

我们可以大胆地把采石场开发时期拿来作一个大胆的对照。那时，许多农民或面包师傅都兼职做采石工。一些人有想法，但要实现还须花些时间；而为了迈出这艰难的第一步，他们不仅要

---

① 指巴黎证券交易所市值排名前40的大公司。——译者注

② 皮埃尔·吕卡斯，《沉没》，同前。——原注

③ 指法国物理学家塞尔日·阿罗什。2012年，阿罗什与美国物理学家大卫·维因兰德一同获得诺贝尔物理学奖。——原注

清楚这个始终在变化的需求究竟是什么，并清楚地表达出来，还要认识一个牵线人，一个行动的发起者。要实现这项计划几乎是异想天开，不切实际的，有时需要“**通过广泛的人际关系（……）他认识 A， A 从前听一个同事说过 B 可以……**[①]”。

采石场里的人造空寂……的魅力

尽管这些地下派都情不自禁地被废弃的旧地下采石场吸引，但可以说，大部分人都无法清楚地解释个中缘由。这不仅仅是黑暗的召唤，更是一种不可名状却又真实存在的感受。人们能够真正地潜入历史的长河，追溯城市的根源：在巴黎地下，我们从未离开巴黎，却不再真正地身处巴黎。的确，根据让-迪迪埃·尤班[②]提出的概念，这像是一场“静止的旅行”，比“异地旅行”更有趣——但前提是这片 terra incognita 尚未被收录在官方旅游手册中。这首先是完全自主地选择了另一种生活：“**他本可以自杀，但他更喜欢臆想出另一个宇宙，另一片时空。**[③]”在这里，我们名副其实地处在时代之外，脱离了城市中嘈杂喧嚣的世界，每个人在下面都会变成“**为环境而生的人，显然，与从前在地上时别人眼中那个文明、勤勉的公务员形象截然相反**[④]”。但这些人的真实性情最终在地下才显露出来：在外面的生活中，他们为自

---

① 皮埃尔·吕卡斯，《沉没》，同前。——原注

② 人类学博士、社会学家、旅游人类学家，巴黎第五大学教授。每到一个他认为恰当的时机，他都会在不同文章中和媒体前引述他提出的“隐秘地下墓穴中的地下探索者”（catanautes des cryptocombes）这一说法。——原注

③ 埃尔韦·加莱，《塞纳河上》，同前。——原注

④ 皮埃尔·吕卡斯，《沉没》，同前。——原注

己塑造了一个表面形象，需要时刻伪装从而适应一个格式化社会中的条条框框，他们只是被迫融入这样的社会。

我们身在“**地下 10 余米深的地方，与行人、司机、地上的巴黎人相隔几光年。这些巴黎人在‘头骨’上方**（漫步），**对脚下**（发生）**的事毫不知情**[①]”。我们可以引用一位注定前途光明的矿业学院学生文章中的一段话：“**将近两年的时间里，我时常潜入地下采石场。说实话，这有点荒唐，我平常是个循规蹈矩的人，极少做这种‘越界’的事。这到底给我带来了什么？（……）随着时间的推移，我的动机也发生了变化：最初，我只是想模仿他人，后来，则是为了带我同级的同学探索那个地方，出于准备新生‘洗礼’的需要，或是对前人留下的印记的历史价值产生兴趣，或是为了和别人分享我对这里的了解，又或是为了逃离日常生活，思考其他事情……我永远不缺到这里来的理由，即使我已经来过 51 次了！**[②]”

应该怎样描绘我们身处地下时所感受到的氛围呢？比魅力更加强烈，甚至可以说是一种魔力。我们无法从这种感受中脱身，除非远走高飞，或者让自己马不停蹄地忙碌起来——即使这样，仍然有些地下派会在几乎每个周末从法国另一端特地赶来，只为重回巴黎地下。或是那些英国人，他们从伦敦乘坐“欧洲之星”来到这里，把日常事务留在火车站的行李寄存处，在巴黎地下沉浸 48 小时，然后再回家。这还不算来自澳大利亚的“洞穴部

---

① 埃尔韦·加莱，《塞纳河上》，同前。——原注
② 《在旺多姆地下》，2014 年 11 月刊（特别版）。——原注

落”，他们定期组织巴黎之行，只为探索这些地下禁区！另外，还有一种国际“**地下**旅行”，游客们来到巴黎，或是特意在巴黎转机，只为前往开放区域之外的“地下墓穴”——不只是欧洲人（英国人、荷兰人、比利时人、德国人等）会这样做，澳大利亚人、美国人、南非人、俄罗斯人也不在少数……

对于很久之前就体验过地下墓穴的人来说，他们也还有可能故地重游。因为即使他们自以为已经摆脱了这种情感，只要在匆匆途经巴黎时瞥见一些微不足道的事——例如在人行道上或地铁里偶遇一位路人，看到他的靴子上沾满污泥——那些本以为已经被遗忘的记忆便会重新出现在脑海中。他们会情不自禁地问道：“您从采石场来吗？现在还有入口吗？我也去过那儿，那时候……”

城市地下探洞：需要体力的活动

探索巴黎地下固然需要一种精神，但要面对地下环境，强健的体魄也必不可少。需要承认，如此在人行道下行走是一项体力活，生活在城市里的人很少会做此类运动，于是就暴露出肌肉锻炼不足的缺陷，那些新手地下派往往也会因此筋疲力尽，或是“**穿着胶靴的双脚被坎坷的路面硌伤，越来越痛，小腿有一种几乎要痉挛的感觉——由于日常搭乘扶梯或直梯，城市人的双腿已经开始变得迟钝**[1]”。

地下探索与其他消耗体力的活动一样，结束之后会让一些人

---

① 皮埃尔·吕卡斯，《沉没》，同前。——原注

意犹未尽，他们只有一个愿望——重返地下，因为他们确确实实会想念那种感受。他们中的每一个都会回到巴黎地下，重新汲取精神力量；这里就像存在于钢筋水泥的海洋与所有约束和伪装之中的一座氧吧。**“因为他喜欢在这座翻转颠倒的巴黎城中漫步，对他来说，这里洞穴遍布的景象蔚为壮观，充满戏剧性。周遭漆黑如墨，使他想起原始的黑暗和幽深的水流，在这片隐秘的、寂静的宇宙中，他感到自己无所不能。**①”

最有说服力的例子还要数一位在任职于银行管理层的女性，50 多岁的她刚刚开始探索地下世界，而就在不久之后，她被确诊乳腺癌。于是，她热爱的采石场从此也成为避难之所，帮助她忘记病痛、化疗和其他治疗手段。她在这里找回自我，感到自己实实在在地活着。她觉得自己已经与这里融为一体。采石场是巴黎城市的矿源，对她来说，也是重生之源。

一部分人的地上活动和日常生活受巴黎采石场的影响较之他人更甚。他们付出了许多个傍晚、深夜、周末和假期的时间，只为查阅档案，进一步了解采石场。他们还完善了档案中的地图（由于使用了蓝牙技术，他们的地图比官方版本更加先进，交互性更强）……并且分文不取（许多法国和英国团队就是如此）。

至于那些社会上普遍存在的“极端主义者”，想法和行为则更加疯狂。一些人甚至提出了一项让人大跌眼镜的购买方案：**“我们已经决定，到采石场停止开采作业的那一天，我们就把它**

① 马丽斯·里维耶尔，《欺骗死亡》，同前。——原注

买下来，在地下安家。（……）我们还会把唯一一条通往地面的路炸毁。总之，我们完全不想再回到地上。[①]”一些人已经迈出了这第一步，成为一片地下采石场的主人了！

陆地上的……寂静世界

地下采石场是一个“寂静的世界”，尽管有时我们能听到下雨的声音：“**水滴从顶板落下。细流从地面上淌过。**[②]”这种渗水的现象有时也会较为强烈：“**‘看，下雨了。’儒勒说。他说得没错：我们越往深处走，水滴就越多，越密集，就像一场真正的雨。**[③]”

除了有限的这几个地方，地下世界是如此静谧，我们能完全地、真正地听到生命的声音。“**勒内·苏泰尔**[④]**写过一本有关巴黎地下世界的书，资料十分翔实。他说，从某一刻开始，整个世界就只剩下一种有节奏的声音，‘咚咚、咚咚’，那是他自己的心跳。千真万确。**[⑤]”的确，假如我们停下来，在某处稍作休息，保持安静，我们就会突然听见那份寂静：“**接着，出现了一种新的声音，慢慢地，这声音愈加强烈。它的节奏沉重低哑，从四面八方涌来，又不知始自何处。随后，他惊愕地意识到，那律动的节奏是他心脏跳动的声音。他不再是这肉体凡胎，而只是消弭在**

① 凯·赫尔曼和霍斯特·里克，《我，十三岁，妓女，吸毒者……》，Mercure de France 出版社，1981 年。——原注

② 理查·波涅，《少年印第安纳·琼斯与辐射灯》，同前。——原注

③ 亨利·马兰，《人生最初的战斗》，同前。——原注

④ 《巴黎地下墓穴和采石场》的作者，同前。——原注

⑤ 雅克·萨杜尔，《七张面具》，同前。——原注

寂静之中的一声声心跳。[1]”

不过，在漆黑寂静的地下，有时也能感知到地上城市的脉搏。“**现在大概几点了？我还没听到地铁的声音，也许还是半夜？**[2]”

相反，地下隧道与地上世界的衔接处却不总是那么安宁；那里总有各种噪音，地下派们对此早已习以为常。“**他听到了一种沉重的刮擦声**[3]”，这是井盖在合上时摩擦人行道的声音，低沉却响亮。

走在“潜入巴黎”的路上

地下派们首先面对的共同问题是找到一个入口，不过这并不是什么难题。“**看到井口的时候，哈伦倒吸了一口凉气。沉重的铁井盖已被移开，露出仿佛深不见底的圆形井口。罗曼也凑了过来。金属的梯子固定在井壁上。**[4]”

为了避免混淆这些“下水道窨井盖”（也可简称为“下水井盖”），各单位往往会在井盖表面加盖所属网络的标志：如巴黎电力公司、法国电力公司、南北地下电气铁路公司、地铁公司、法国燃气公司、维克多·波普等。“**所有井盖都是圆形的。而通向地下墓穴的井盖上通常会标注采石场监管组织的首字母，四周**

---

① 让-皮埃尔·科尔洛克，《影子的伙伴》，同前。——原注

② 瓦西利斯·阿莱克萨基斯，《从前》，同前。——原注

③ 理查·波涅，《少年印第安纳·琼斯与辐射灯》，同前。——原注

④ 索尼娅·戴尔玛，《记忆之洞》，Actes Sud junior 出版社，2001 年。——原注

还环绕着同心射线的图案。[①]”需要说明的是，井盖上标注的是监管组织旧称的首字母缩写，即 IDC。

然后就该迈出第一步了：“**他并没有退缩。他蹲了下来，抓紧梯子的第一根铁条，两条腿滑进入口，小心翼翼地向下爬去。他头顶上圆形的亮光在慢慢变小。皮埃里克听到了一声闷响。四周一片漆黑。**[②]”

有时候，地下采石场网络和其他的专门技术网络之间会有临时连接。“**不过还有一个地方，在基纳梅路，有地下派在井壁上凿出了一条沟，通往地下墓穴。**[③]”就这样，随着新的“入口大门”出现，入口数量增多，这条专门技术隧道也成了不寻常的通道。

在更进一步之前，也别忘了 1955 年 11 月 2 日颁布的法令中的第一条，明令禁止“**任何人在未得到采石场监管组织许可的情况下，打开通往旧采石场的台阶或梯子及其他设施入口的门或盖板，进入巴黎公共道路下方的旧采石场采空区内游览或通行**[④]”。但这并未阻挡一些无视禁令者的脚步。当然，违法者会被记录在案，并缴纳一笔最低金额的罚金（A 类案例）。

“**苏菲谨慎地滑进入口，两脚踩在上面的横杆上。她慢慢地**

---

① 瓦西利斯·阿莱克萨基斯，《希腊儿童》，同前。——原注

② 让-皮埃尔·科尔洛克，《影子的伙伴》，同前。——原注

③ 瓦西利斯·阿莱克萨基斯，《希腊儿童》，同前。——原注

④ 这项法令属于 1955 年 4 月 3 日颁布的《法国紧急状态法》（因阿尔及利亚战争而出台的法律）的一部分。这部法律禁止集会，实行宵禁，可由地方政府实施。巴黎警察局长杜波瓦与塞纳省省长于 1955 年 11 月共同签署并实施了这项法令，因为如果禁止民众在地上集会，而他们把集会地点转移到地下，还是会存在法律漏洞。——原注

向下爬。她本以为会闻到一股恶臭，然而只闻到了一种又闷又湿的气味。[①]”在地下派中对洞穴学最有研究的人看来，这样的入口可能是副井，有些能通过台阶和梯子到达，有些则没有。就像 1860 年前后发生的这件事一样，“**圣母德尚神学院修辞学班的学生曾组织过一次地下墓穴之旅。他们半夜悄无声息地离开宿舍，带着绳子。幸好他们中有一个头脑灵活的人，所以下井的过程中没有遇到什么困难，但一段时间之后，他们还是开始坐立不安**[②]”。

毫无疑问，入口也可以作为出口，只要人们知道如何到达那里。虽然井盖至少有 70 公斤重，但搬开它并不一定需要身强力壮才行。这是一项单纯的技术活，有些人可以迅速找到诀窍。

“**人们正在在阿雷西亚大街上的电影院门口排着队。突然，他们看到脚下的井盖被掀了起来，从里面依次上来一名警察、一个棕色头发的女孩、一个金发男孩，后面还跟着两个警察。人们还以为自己就在电影里呢。**[③]”在巴黎人行道上熙熙攘攘的行人中间，这些“地下人”突然从下面冒出来，这种景象远比我们能想象的更频繁，更久远。“（……）**前段时间，在维克多-巴希广场，这些男孩着实把一个警察吓了一跳。他们在他面前突然掀开井盖，爬了出来，手里还拿着灯笼、绳索、十字镐等等。那会儿还是凌晨一两点钟。那个警察半天回不过神来。据他们说，把自**

---

① 迈克尔·斯科特，《魔法师》，同前。——原注
② 阿贝·约瑟夫·马尼安，《我们的老蒙鲁日》，Franciscaines 出版社，1961 年。——原注
③ 索尼娅·戴尔玛，《记忆之洞》，同前。——原注

己关在地下墓穴里是为了好好探索那些禁区。[①]”的确，直到80年代初期都是如此：如果人们能够轻易地从采石场网络进入地下墓穴藏骨堂，反之也显然行得通。

不惜一切代价潜入地下……其实也没有代价

一般来说，通往采石场的矿井都比下水井更深：矿井的平均深度是20多米，而下水井只有3到5米。不过，人们在进入地下时，即便是走过台阶，也还是会惊讶于入口的深度：“**没有人说话。这段路仿佛没有尽头，只有头上的头灯随着我们一步步下行而有节奏地晃动。**[②]”

前文曾提到过，地下派也会在采石场和其他地下网络之间建立连接，如下水道、铺设通信设备和电缆的地下隧道、建筑物的地窖、地下停车场或是市政道路施工挖掘的坑洞等。“**每当他们想要逃离紧张的工作生活时，便会带上一个手电筒和一瓶金酒，坐电梯到地下停车场，再换乘货梯到‘银河大楼’的地下。**[③]”

他们有无穷的创造力，只不过在技术层面仍有局限。“**他们遇到了一堵从未见过的古老砖墙，墙上有个只能容一人通过的洞，窄小得宛如猫洞。——事不宜迟。这也不是什么精致的建筑！从前人们用建筑石砌了这堵墙。就是为了不让人过去！——这洞是谁挖的？——我不知道，也许是地下派吧……——地下派？——就是那些在地下墓穴里聚会狂欢的怪人，人们管他们**

---

① 雷奥·马勒，《蒙苏里的老鼠》，同前。——原注

② 贝朗热·德波迪奈，《即将到来的时光》，Pascal Galodé 出版社，2011年。——原注

③ 马丁·佩奇，《对世界末日习以为常》，Le Dilettante 出版社，2005年。——原注

叫地下派。[①]”这些猫洞是地下派挖出的狭小隧道，有的是为连接主隧道和那些独立的空间，还有的是为绕开隧道里根据有关部门的要求建起的水泥墙或砖墙。“**他抬起手指着壁板上的一个猫洞——几周前，采石场监管组织为了封住隧道，在这里砌了一堵墙，这猫洞可能就是为了绕过这堵墙而挖的。**[②]”

有些洞已经存在了很久，位置十分隐蔽。“**他们从洞口钻了进去。这个隐秘的入口被一块已经生锈的沉重钢板盖住，这里通向巴黎的腹地。**[③]”

当然，巴黎人鱼龙混杂，有些人也会违背不成文规定，例如不向非地下派透露入口位置（更不能向媒体和政府部门泄密），或是不能在隧道里留下痕迹，遗弃残羹剩菜或是其他垃圾废物等。还有人会利用地下隧道做违法乱纪的事。“**给他们带路的家伙不仅会到地窖里偷红酒和利口酒，他还会寻找那些未知的地下墓穴入口，或是某一条特定的隧道。您还记得有一天在雅库斯基家，拉尔夫·梅塞克跟我们提起的维克多-巴希广场的那些探洞者吗？**[④]”

新人生，新名字

地下派通常都会给自己起一个化名（与身份相关，或是源于

---

① 热拉尔·德尔戴耶，《女修道院长们的珍宝》，La Voûte 出版社，1997 年。——原注

② 帕特里克-热罗姆·兰伯特，《地下墓穴的复仇者》，Fayard 出版社，2007 年。——原注

③ 皮埃尔·吕卡斯，《沉没》，同前。——原注

④ 雷奥·马勒，《蒙苏里的老鼠》，同前。——原注

某个神话故事、读过的书、兴趣爱好和外面的生活等等)。这些化名不仅是地下派在地下时彼此确认身份的联络信号,也不仅仅为了实现他们的第二人生(这是他们自愿甚至最终选择的人生),因为他们也会在地上使用这些化名,更是他们对既定规则,对外部的平庸生活的反抗。

一些化名被小说家或其他艺术家写进了作品:例如雷奥·马勒《蒙苏里的老鼠》和《红鼠》,或皮埃尔·切尔尼亚的《洞群》[1]。有时,这些人不愿意自己的化名在文学作品中被提及,因为他们并未给这些作家当过向导,例如《错误电压》中的奥利克和托克西克,《无头女人街》中的阿努比斯和"狂人",以及托马斯·戴伊所著小说《肮脏大道》[2] 中的"壁虎"。"**有些化名在地下年鉴中都非常著名:巴尔的摩、阿丽亚娜、卡尔卡瓦、加利珀、克洛雪特、德拉格斯、拉弗叶、梅林、尼克西斯,还有'万能钥匙'和泽布伦等等。这只是一部分。**[3]"

有些时候,这些地下派只知道彼此的化名,但这种情况已经越来越少了。现在和80年代初的情况已经不同,那时候他们在地面上很少有交集,但如今的地下派们会为自己组织很多展览和游行活动(有时是小规模的活动,有时他们也会一起参加全市或者全国的大游行,例如法国大革命200周年庆典、摄影月、科学节、博物馆之夜以及艺术工作坊开放日等)。这些化名大量出现在"地下文学"中。所谓的"地下文学"就是那些宣传册,上面往往是一些无关痛痒的内容,不一定与采石场有联系,有时也会

---

① Gaspard 这个俚词是第一次世界大战时在巴黎士兵中传播开来的,也可指老鼠。——原注

② Le Bélial' 出版社,2002 年。——原注

③ 让-皮埃尔·奥特,《重拾的欲望之谜》,同前。——原注

展示一些地下派的艺术才华（尤其是绘画作品，也有人会自己录制歌曲灌成 CD）。他们把小册子放在隧道拐角的隐蔽处，藏在石头后面，为了让它们遇到值得拥有的有缘人，也是为了看看这些小册子究竟需要多久才会被人发现。

需要合适装备的活动

“‘地下派’的穿着十分随意，只要方便行动即可。只有那些没有经验的‘游客’才会大张旗鼓地穿上派克大衣，戴上围巾，以为能够抵御地下的寒冷。然而地下的温度其实很舒适，无论冬夏，都维持在 13 摄氏度左右。这些游客一生中只会下来一次，他们胆怯地走着，就为了体验一下刺激的感受（总之他们喜欢这么想）。①”

实际上，巴黎地下之行只需要精简的装备：一幅地图、一盏头灯、一双皮靴——现在有人提倡穿高筒胶靴——以及一些不怕脏的衣物。别忘了再背上一个双肩包或是“**一个厚实的美军帆布背包，装上有用的工具（干电池、蜡烛、太空毯、急救箱……）和一些必需的食物（火腿奶酪三明治、几板巧克力、能量饮料……）②**”。

一顶头盔也可能派得上用场，至少不是多余的装备。“**还没走出 10 步，他就被顶部突起的石块碰了头，眼冒金星。猛烈的**

---

① 埃莲娜·克里耶和伊芙·勒努瓦，《塞纳河上的切尔诺贝利》，同前。——原注
② 阿图尔·泰诺尔和娜塔莉，《地狱护照》，同前。——原注

撞击，沉闷的响声和尖锐的痛感让他睁不开眼。他一下子跪在了地上。[①]”

带上备用照明装备是最基本的安全保障措施。“**一旦失去光亮的引导，基本就等同于死亡，我们会像阿斯帕尔和所有那些失踪多年后被发现的枯骨一样，在这里悲惨地死去。**[②]”也许，从最初的这一刻起，人们就会发现自己身上拥有地下派的灵魂？有些人在阅读他人的故事时就已经感受到这种精神力量，并从此开始广泛搜集相关资料，一发不可收拾。

防止迷路的地下路线图的故事

广为流传的路线图为人们提供了便利，让他们到了地下不必过多地“在黑夜中兜圈子[③]”，因为“**在黑暗中，那些隧道看起来都差不多：阴森，潮湿，泥泞又昏暗**[④]”。因此在地下迷路时，没什么能比一张路线图更有用了。如今有了现代化的通讯工具，所有问题都能通过电子邮件解决：“**我把地图用附件的形式发给你了，它能帮得上你。（……）那些路的名字都标得清清楚楚！**[⑤]”

不过，也有一些自学者只相信自己的经验：“**维吉尔拿出一张详尽的路线图，那是他自己绘制的。图上标注了隧道入口、被**

---

① 埃尔韦·加莱，《塞纳河上》，同前。——原注

② 亨利·马兰，《人生最初的战斗》，同前。——原注

③ 巴黎地下的壁画《死人之岛》下方写着一句话：“*In girum imus nocte et consumimur igni*（我们在黑夜中游荡，被烈火吞噬）。”这种回文体也出现于翁贝托·艾柯的小说《玫瑰的名字》，Grasset 出版社，1980 年。——原注

④ 理查·波涅，《少年印第安纳·琼斯与辐射灯》，同前。——原注

⑤ 埃莉斯·丰特纳耶，《班克斯和我》，同前。——原注

封堵的入口、各个洞穴厅室和可能出现危险的地方。[①]” 实际上，在探索地下采石场的过程中，很少有人能自己绘制出一份地下地形图。苏泰尔和塔莱拉什医生是最有名的绘图师，但他们也参考了前人的成果，并且在学生的帮助下才完成工作。

但只有一张地图是远远不够的，还要知道如何阅读和使用它。“**让·弗莱尔恐怕自己都说不清，他在地下隧道网络里迷路多次之后才最终找到正确方向。他倒是有一张地图，但隧道里根本没有参照物，那地图就像放在五金店磁铁柜台上的指南针一样派不上用场。**[②]”

80 年代初，“**很多地下派都知道‘先生’的地图，他们都相信这位‘先生’并不存在或已经过世；但实际上，这位‘先生’也是个和众人一样的地下派，他研究洞穴已有 20 年的时间**[③]”。他也是第一个再版埃米尔·热拉尔《地下巴黎》一书的人（1991 年出版）。

巴黎高等矿业学院也绘制过一张地图，但不如前者出名，只有一些专家知晓。不过，由这所名校的一个学生绘制的地图却名声在外，成功让以前所有版本都黯然失色。这幅地图始终在私下流通，但是需要购买，当时只有两三家书店有售，包括“洞穴学书店”和学院路上的一家著名书店。这幅被称为“吉罗”的地图从此和描绘主体地下网络的南城大网络图拥有同等地位。这套“**著名的吉罗地图**[④]” 绘制于 1980 年代，由于是个人作品，因此

① 珍妮弗·唐纳利，《革命》，同前。——原注
② 泽维尔·穆勒，《古怪的侦探》，Livre de Poche jeunesse 出版社，2008 年。——原注
③ 芭芭拉·格洛乌切夫斯基等，《地下派之城》，同前。——原注
④ 让-皮埃尔·奥特，《重拾的欲望之谜》，同前。——原注

花费了绘制者大量的时间和精力[①]。几年之后，拉弗叶将这份地图数字化，矢量化，地下派们也为他提供了诸多信息，“吉罗-拉弗叶地图”就这样诞生了。

如今，这份地图已经被 Nexus 地图取代。“**这是最出色的地图，是地下派的《圣经》……**[②]”在撰写《地下派之城》的过程中，作者有时会跳过近年来包括“那位先生[③]”在内的地下派，利用 Nexus 地图进行研究。

除此之外，还有其他一些地图，它们都为整体巴黎地下路线图的绘制添砖加瓦。在互联网和其他传播模式出现之前，人们若想要获得一份地图，就必须结识拥有这份地图的人，和他搞好关系，以期能用硫酸纸将他手中的地图复制一份。后来，到了 80 年代，社会加速现代化，复印机已经出现。于是，地图的流传开始加快，因为每个人都可能认识一个在公司工作、能用复印机的朋友。“**她仔细端详这幅……‘鼠形图’。地图的标题就是如此，而非‘地形图’**[④]**。‘鼠形图’，暗示的是常年生活在地下的鼹鼠？这是一个文字游戏？**[⑤]”现在，只要在搜索引擎上简单点几下，就能得到一份地图了。

---

① 其作者（即被称为“吉罗”的人）的评价：“我花了很长时间绘制这份地图，周末和假期全部算上，两眼的视力都下降了 0.2 度。”——原注

② 贝朗热·德波迪奈，《即将到来的时光》，同前。——原注

③ 当年他创建了一家公司，以自己姓名的首字母缩写 DMI 命名，再版了埃米尔·热拉尔的《地下巴黎》一书（初版于 1908 年）。——原注

④ 原文为 taupographique（taupe 意为“鼹鼠”），与 topographique（地形）音近。——译者注

⑤ 克莱尔·马扎尔，《铺路石下的尸体》，同前。——原注

在地下，时间的翅膀停住了

“‘一刻钟……半小时……’他喃喃自语道。在逝者的世界里，时间又有什么意义呢？[①]”

人们不一定需要看手表才能知道时间。离开手表后，我们便会重新找回身体里一度被文明习惯改变的本来规律。在这里，在巴黎地下，正如疲劳时就要休息，人们饿了就停下来吃饭，而不会像在地上的工作日里那样，一天的时段被严格划分，到了规定的时间所有人都来到餐桌前——面对这片永恒的黑暗，那些洞穴学者的感受也是如此。“**一旦我们身处地下，就会很快失去时间观念。走在这些迷宫般的隧道之中，跟在奥利维耶·阿尔皮诺身后的两个年轻女人还以为已经过了将近半天的时间。**[②]”

另一方面，如果和某人约定了在地下见面，也不要期望对方能够准时到达，因为地下和地上的时间并不相等。“**在这里，时间是静止的。我甚至敢说是我让时间停下来的。这是属于诗人和哲学家的一个古老梦想。**[③]”

同样，在地下，距离的长短也与地上世界不同，因为参照物发生了改变：狭窄的道路和封闭的视野使人感觉地下的道路比地面上平行对应的那条更长。令人感到不安的是，在地下前进时，

---

① 皮埃尔·吕卡斯，《沉没》，同前。——原注

② 吉兰·吉尔贝蒂，《黑暗的洗礼》，同前。——原注

③ 埃尔韦·加莱，《塞纳河上》，同前。——原注

四周一团有限的光芒会随着我们的脚步移动，我们无法预知前方的行程。“**他越向深处走去，越感觉到这黑暗在被灯笼里漏出的一点光亮剖开之后，又在他的头顶重新凝聚，变得愈加浓重，阴郁。**[①]”这也是巴黎采石场的魔力所在——探险者完全被幽深的黑暗包围，但同时也拥有光明。

不过，人类身体的记忆又是那么神奇，已经走过的隧道在返程时总是显得比去程时要短：不仅是因为他们不经意间记住了参照物，也是因为他们能下意识地预测返程的距离和需要花费的时间。确实，第一次下行时经过的台阶在回程时显得更短，但疲劳感却恰恰相反，人们往往在回来的路上感觉更累。

不可或缺的光

“临近午夜，他们按照她之前说的那样‘动身’了。他们起身离开，打算去圣日耳曼杂货店搞来一支蜡烛。但那儿没有蜡烛。 他们来到一个住在龙路的朋友家，虽然已经很晚了，但朋友还是接待了他们。他们喝了点啤酒，味道还不赖，从朋友这儿拿到了几根家用蜡烛。[②]”

即使是临时起意想要深入地下，也不能没有照明设备。尽管LED灯的潮流不可抵挡，但有些地下派——尽管这样的人越来越少——仍坚持使用洞穴学家的老办法：电石灯。电石灯容器内部

---

① 儒勒·勒尔米纳，《巴黎之狼》，同前。——原注

② 让-路易·德高邓兹，《多利与亚历山大的悲壮史诗》，Fixot出版社，1990年。——原注

经过化学反应生成可燃气体，点燃后直接产生明火照亮。洞穴学家们称其为“蜡烛灯”或“杜杜勒”。**“他点亮了蜡烛灯和火把，火光随着他的脚步摇曳不定，不时映出阴影中的一条细流或一片水洼。**[①]**”**

有时候，就算灯光足够明亮，我们也无法穿过黑暗区域，因为偶尔会有人开启或制作烟雾器，干扰其他人进入迷宫般的隧道，以此阻碍那些“**采石场侦查与行动大队警察和可能出现的游客**[②]”。于是，地下网络会充满“**厚厚的一层具有刺激性气味的烟雾，**（它）**并不刺激眼睛，但你的喉咙里很快会充斥一股烤焦糖的味道**[③]”，因为这种烟雾弹是手工制作的，混合了糖（或面粉）和氯酸钠。

地下派有时会遇到一群人在一名领队的引导下参观“规定路线”。他们把这些人称作“游客”，但他们未免也忘得太快——任何一个地下派都有第一次进入地下的时候。不过，通常来说，他们确实是从踏入地下的那一刻起就意识到自己是一名地下派了；这很少是一个渐进的过程，更多则是瞬间出现的启示，像是一见钟情，不言自明。

“当我们来到地下足够深的地方，就会感觉像越过了一条界线。我认识一些人，他们下去只是为了举办庆祝活动，也有些人是为了研究隧道墙壁上留下的历史痕迹。一切都被一种心照不宣

---

① 雷奥·马勒，《蒙苏里的老鼠》，同前。——原注
② 安托万·夏奈，《生者脚下六尺的地方》，同前。——原注
③ 让-皮埃尔·奥特，《重拾的欲望之谜》，同前。——原注

的默契凝聚在一起，他们都对‘地下派大家庭’有着深切的归属感。[①]”

能否成为地下派的一员，并不取决于一个人是否有多年地下探索经验，也不代表必须具备不借助路线图（或者类似方法）就可以在地下穿梭的能力；“地下派”只是一种精神状态。有时，当人们第一脚踏进这片“地下的迷幻空间”时，就会彻底被巴黎这片另类的土地所吸引，世界上没有任何一个地方能有这种魔力（外国人把这里看作地下世界的朝圣之地！）。而且，人们一旦离开这里，马上就会开始迫切地、由衷地怀念起地下世界，一次又一次地渴望故地重游。

① 瓦西利斯·阿莱克萨基斯，《希腊儿童》，同前。——原注

一个鲜活的传奇：萨拉特警长

“但是，确实有一队特勤警察在严密监守，不是吗？——你真的相信区区一队警察就能到达巴黎所有的地下网络，并且为这些寻找刺激的狂热爱好者做笔录？幸好，真正的地下派尊重地下空间，并且向警察指出了问题……[①]”

在巴黎地下采石场的所有故事中，夏尔-阿克塞尔·吉约莫都是一个绕不开的人物。作为采石场监管部门的创立者和第一任监管官，他监督了全部地下工程的实施，那是他在黑暗中的“伟大杰作”。人们从未向他表达过足够的敬意，哪怕用他的名字为巴黎的一条街道命名也是应该的。

① 娜塔莉·鲁耶，《巴黎的黑魔法》，同前。——原注

采石场的第二个标志性人物就是可怜的菲利贝尔·阿斯帕尔。世界其他地方的人也知道他，人们还专门为他竖立了一座纪念碑。最特别的是，地下派每年都会为他举办两次纪念日活动，这也在某种程度上体现出他们的历史情结：这两个纪念日一天是他失踪的日期，另一天是他的遗体被发现的日期。

除此之外，关于巴黎地下世界，还有第三个神秘人物。他生活在当代，依然健在，是巴黎地下采石场的象征，也是采石场故事的书写者之一，如今已经光荣退休。这就是让-克洛德·萨拉特警长。他被委任到"**金滴街区警察局**[①]"，也就是所谓的大采石场警察局（这可是确有其事）。在任期间，他受到两方（地下派[②]和当局）的一致尊敬。他的离任令很多人十分惋惜，在退休后依然受到爱戴。地下派甚至将巴黎地下一条主干线路以他的名字命名，在14区的这条隧道里挂上路牌，以示对他的认可。萨拉特警长已经在这里往来了无数次。

一个小说人物

让-克洛德·萨拉特在许多小说里都直接或间接地出现。《记忆之洞》[③] 中内莫队长的原型就是萨拉特警长，因为前者是"**侦查大队队长**"。"**冒险进入这些隧道当然是危险且非法的行为，但这无法阻挡人们在其中穿梭的脚步。这些人被称为地下派。为**

① 贝朗热·德波迪奈，《即将到来的时光》，同前。——原注
② 萨拉特警长在执行一次地面任务时中弹受伤，一些地下派还到医院去探望他。——原注
③ 索尼娅·戴尔玛，《记忆之洞》，同前。——原注

此，警方专门组织了一批在那里巡逻的警察：地下警察。[①]”这正是萨拉特给他队伍取的绰号。在《地下墓穴的复仇者》里，采石场侦查与行动大队的领导是巴拉特警长（再明显不过的名字），但他在休假期间去了突尼斯，晒黑了一些……小说进行到末尾，我们还大致了解了这位采石场侦查与行动大队的创立者和负责人退休后这几年的生活。我们是否还应该通过同一部小说里采石场警察二把手奥利维埃·穆罗的描述，再来看看萨拉特的间接形象？如若不然，说没有作者的主动同意，我们还可以从这位地下警察的领导本人那里了解详情，因为他显然“**很熟悉他的场地。（……）他高质量的报告和在犯罪现场的行为给我留下了深刻印象。他精力充沛，果断，专业，分析令人信服**[②]”。

约瑟夫·瓦克南则没有进行实地考察，而是依据网络上大量的资料写了一部小说。正因为所写的人物是让-克洛德·萨拉特，作者才以十分合理的方式描写他的行动。“**让-克洛德·萨拉特曾经是采石场侦查与行动大队的领导。他制订策略的原则是预防而非压制；他成功创造了一个信任的环境。他认识我们中的每一个人，我们也很爱戴他。**[③]”

萨拉特警长首先是一名采石场警察，而后才是第一支地下警察大队的队长。他们给自己起了“地下警察”这个绰号，没有人能将它抹掉。有时，这位伟大的人物，尊贵的先生就隐藏在那些清晰明了的描述之下；作家们妙笔生花，把他写进行动之中，以

---

① 迈克尔·斯科特，《魔法师》，同前。——原注
② 帕特里克-热罗姆·兰伯特，《地下墓穴的复仇者》，同前。——原注
③ 约瑟夫·瓦克南，《地下墓穴之血》，同前。——原注

此来向他致敬。《哥白尼综合征》[①] 里的贝尔热警长就是一例：他已经退休，在 20 区拥有一套公寓，在过去的几年里参与编写了两本有关巴黎地下世界的著作，“**他微微有些发胖，圆脸，双颊红润，目光炯炯有神**”，更重要的是，他原先是采石场侦查与行动大队的负责人。

地下警察的真实行动

20 世纪 70 年代末，让-克洛德·萨拉特警长与另一位让-克洛德（鲁斯莱）共同成立了采石场侦查与行动大队。在此之前，巴黎地下发现了通信电缆被盗事件，因为电缆上有大量的铜。失踪的电缆长约 5200 米（重 52 吨），主要分布于下水道中，作案者是几名曾经在法国电信工作的员工。但这还不是第一次。在 1953 年，情境主义者若埃尔·贝尔雷因同样的原因被捕：他通过“非法”方式进入地下墓穴破坏铅质管道——这是距现在不远的那个年代里另一种值钱的材料——这些原本是通信管道[②]。然而，若埃尔·贝尔雷并不是“非法”进入，因为他是从圣母德尚路的台阶走进地下墓穴的，所有采石场部门的人都能使用公用钥匙打开这道门，只要拿到就可以进去！

后来，让-克洛德·萨拉特又遇到一起刑事案件，这次非同小可：1980 年初，一具用电缆包裹着的尸体在植物路地下被发现。发现者是一个女地下派，她后来成为了一名职业讲解

① 亨利·勒文布吕克，《哥白尼综合征》，同前。——原注
② 让-米歇尔·门西翁，《情境主义国际历史及时代研究》，Allia 出版社，1998 年。——原注

员。此案之前，同样发生过一起甚至两起类似案件。“**巴黎的蘑菇种植场名声很差，因为曾经有一个名叫拉马尔的出纳员被卡拉拉杀害并分尸，而后在用于给地下隧道通风的炭炉里被烧成灰烬**。[①]”

在一个世纪以前，1793 年 3 月 12 日，“国民自卫军报告”中还提及在圣雅克街抓获的一名凶犯，他被指在采石场内谋杀他人。

让-克洛德·萨拉特在尽忠职守 21 年后光荣退休。在整个职业生涯中，他累计深入地下 800 次，走过的路程将近 5000 公里，始终在下面往来穿梭。迪亚娜·朗格吕梅撰写的报道中列出了这些数字。这篇出色的报道写于人们在巴黎腹地举办“地下警察节”的第二天[②]，刊登在“社会”版，而非普通的“社会新闻”一栏，这也与主人公的地位十分相称。

自从 2000 年萨拉特警长退休以后，采石场侦查与行动大队的任务就移交给了特别行动队[③]。“**特别行动队选址在一栋粗磨石岩建成的老建筑里。这是文森森林格拉威尔高地上最美丽的建筑之一。与其他用预制混凝土板和波形天花板建造的建筑相比，这就是威望的象征**。[④]”

---

① 儒勒·马里，《迷失在巴黎》，同前。——原注

② 《巴黎腹地的告别晚会——“萨拉特老爸”，守护“地下墓穴”安全的警官宣告退休》，迪亚娜·朗格吕梅，《解放报》，2000 年 6 月 13 日星期二。——原注

③ 特别行动队能够在官方组织的游行期间在首都的制高点监视情况，或者为重要人物提供保护。——原注

④ 大卫·梅萨热，《第 122—1 条》，同前。——原注

结 语

“参观过这里的巴黎人少之又少；然而，当他们到了那不勒斯，没有一个人不会拿着游客指南看过庞贝古城和赫库兰尼姆古城才恋恋不舍地离开。为什么？我不知道，或许巴黎人正像已婚男人一样，只喜欢去见其他女人。您可以跟一个巴黎人谈论其他所有国家：意大利、瑞士、德国，或者整个欧洲；但是不要谈论巴黎：他对自己的家乡一无所知——我想我有资格这样说，因为我就是巴黎人。对一个巴黎人而言，在他的城市里，他只了解他所在的街区；在他的街区里，只了解他居住的那条路、那栋建筑；在那栋建筑里，只了解他住的那一层。除此之外，再无其他！……我在圣雅克路住了7年，还是在读《世纪报》时知道了和我住在同一楼层的一个人的姓名，那时他已经气息奄奄。

“所以，巴黎人从未参观过地下墓穴，这也并不稀奇，他们当中三分之二甚至不知道地下墓穴的存在！无论如何，那里都是我见过的最美轮美奂的地方，我到了那里，就像到了一个长久以

来再熟悉不过的故乡。[①]"

读过大仲马的描述，我们必然要建议人们去参观藏骨堂，这个让全世界人为之着迷但巴黎人自己却很少造访的景点。因为地下墓穴如今仍然是个奇妙的地方，即便由于多种原因，它脆弱的环境正遭到破坏：和任何一种有机结构一样，地下墓穴的骸骨正在老化；很不幸，20 世纪 70 年代安装的永久照明设施以及 80 年代初的封闭措施也破坏了此前的气候平衡。另外，在地下墓穴最初向公众开放的时期里，一些参观者对这里缺乏基本的尊重。应当说，以这种形式呈现的死亡已经是去物质化之后的结果，它像雅努斯一样具有双重面孔，令人扫兴的同时也让人心驰神往。有些人直接伸手触摸这些骸骨，甚至试图盗走一两块，尽管为了避免这份不可估量的重要遗产被侵吞，藏骨堂内有保安监视，出口处也设有行包检查。因为任何一块头骨一旦被人从盘绕固定的地方取出，它的位置就再也无法用其他头骨来填补，除非将骸骨墙全部重建。在过去，这是采石场监管组织工人大队的工作。

那么，该如何做才好？当然是热爱并保护这个独一无二的场所。它直到今天仍是，并且还将永远是梦幻和想象的始源，每个人都能来此酣畅取饮。

不过，我们有朝一日终要回到地面上，所以请尽情享受这乐趣，珍惜地下墓穴里的创意和杰作，这是各领域的艺术家们取之不尽的灵感仓库。因为即便我们回到地上，或许也只是为等待下一次满心欢喜的地下之旅。

---

① 亚历山大 · 仲马，《巴黎的莫希干人》，同前。——原注

拥挤的城市，充满梦幻的城市，
幽灵在光天化日下缠住行人！
秘密像树液一般四处流淌
在庞然巨物的狭窄管道里。

——夏尔·波德莱尔，《七个老头》（献给维克多·雨果），《恶之花》，1857 年。

部分网站

（可为后续参观提供参考）

www. carrieres. explographies. com

http：//geos1777. free. fr/

www. troglos. com

http：//ruedeslumieres. morkitu. org/

http：//carrierespatrimoine. wordpress. com/

http：//picar-treuildechatillon. lutecia. fr/

http：//www. annales. org/archives/x/gillesthomas. html

http：//www. seadacc. com/archives-liaisons-essais. html

http：//derelicta. pagesperso-orange. fr/

http：//ktakafka. free. fr/

http：//lumensubterra. fr/

致 谢

谨向所有帮助我在这座迷宫里完成了一次丰富严谨的行程的人表示感谢。首先是理解我写作方式的编辑，当然还有引导我绕开直道探索小路的所有朋友。

首先，感谢让妮娜，一位举世无双的小说读者！

其次也感谢侦探小说《陌生的地下墓穴》的作者吉尔达·皮耶尔桑蒂，这部作品的故事发生在罗马地下墓穴，但却意外地被搬到法国的荧屏上，故事背景变成了巴黎地下墓穴；还要感谢罗兰·贝尔特米（电视导演），这部小说之所以能够在法国被改编为电视电影，还要归功于他的周密准备和执导。

我还要衷心感谢许许多多为人正直的地下派男孩和女孩，他们彼此也会慢慢熟识起来，其中刚加入不久的人也未必不是活跃分子。“42”、阿尔贝、科琳娜、弗朗兹、加米娜、西泰纳、萝拉、米娅、纳塔内尔、亚娜、弗朗索瓦和玛蒂娜，当然还有佩兹、特雷利、卡尔洛、劳以及其他很多人，我说得对吧，朋友们？感谢你们阅读本书后提出的建议。同时，还要感谢马努瓦·德·普隆书店的特里斯丹，感谢让-克洛德·贝叙、安娜·鲁鲁和玛尔塔。

有关采石场的部分，还应提到塞琳娜·尼德勒，她是首位把自己对《文学中的地下巴黎》的思考形诸笔墨的法国人。此后，她又以圣无罪者公墓为主题创作了第一部小说。不过，还要数美国研究者的文学研究成果最丰硕（首先是安德烈·古利特[①]、大卫·L. 派克，还有丽莎·科恩、扬·迈特洛克、罗萨林德·威廉姆斯、保罗·库多纳里斯、史蒂夫·邓肯、威尔·汉特以及杰基·来登），并且走在思维开放的前沿。

我也不会忘记要特别感谢娜塔莉·瓦纳拉、希尔维·克莱曼和苏菲·瓦塞，是她们带我参加了一些大学（索邦大学、巴黎七大）的研讨会，使我可以在会上介绍巴黎采石场。还有费城（宾夕法尼亚大学）的建筑、景观和城市化专业教授安内特·费耶罗，让·于贝尔（巴黎-拉维耶特建筑设计学院学者）、梅甘·K. 穆尔（密歇根大学迪尔伯恩分校人类学家）和所有将巴黎采石场列入教学内容的高校，如东京的武藏野美术大学。

此外，如果不是查阅了各大学档案处收藏的众多地下派（至少 50 余人）撰写的回忆录，此书也难以成型。

最后，还要感谢各图书馆馆长（巴黎历史图书馆、市政厅图书馆、矿业学院图书馆、路桥学院图书馆、综合理工学院图书馆、中央理工学院图书馆等），感谢他们十几年来一如既往的信任。

---

① 宾夕法尼亚大学罗曼语系法语专业副教授。——原注

本书历史版画插图选自《巴黎地下墓穴》（作者：皮埃尔-雷昂斯·安贝尔，1867 年，版画作者：保罗·佩雷）及《藏骨堂参观指南》（作者：G. 达尔热，1889 年）。

图书在版编目（CIP）数据

地下墓穴：巴黎的地下史 / (法) 吉列 · 托马斯著；刘舒怡译.
-- 上海：上海文艺出版社, 2019
(新视野人文丛书)
ISBN 978-7-5321-6871-2
Ⅰ.①地… Ⅱ.①吉… ②刘… Ⅲ.①文学史－法国－通俗读物
Ⅳ.①I565.09
中国版本图书馆CIP数据核字 (2019)第015295号

本书由上海文化发展基金会图书出版专项基金资助出版。

发 行 人：陈　征
责任编辑：曹　晴
封面设计：朱云雁

书　　名：地下墓穴：巴黎的地下史
作　　者：(法) 吉列 · 托马斯
译　　者：刘舒怡
出　　版：上海世纪出版集团　上海文艺出版社
地　　址：上海绍兴路7号　200020
发　　行：上海文艺出版社发行中心发行
　　　　　上海市绍兴路50号　200020　www.ewen.co
印　　刷：苏州市越洋印刷有限公司印刷
开　　本：890×1240　1/32
印　　张：7.125
插　　页：5
字　　数：160,000
印　　次：2019年2月第1版　2019年2月第1次印刷
I S B N：978-7-5321-6871-2/C · 062
定　　价：49.00元
告 读 者：如发现本书有质量问题请与印刷厂质量科联系　T: 0512-68180628